身外化身

衛斯理 著

自序

無話可說。

第二十六天
三藩市

目錄

一、意料不到的來客

門鈴響，打開門，門外站着一個人。

這種情景普通之極，任何稍有生活經驗的人，都可以知道那是有了來訪者。

可是在這種情景下，我卻感到了極度的紊亂，以致不由自主不斷搖頭。

那是因為我看到了門外站着的那個人之後，無論如何不能相信他會來找我。

這時候，哪怕站在門口的是早已不知所終的原振俠醫生，我都不會感到奇怪，又哪怕是四大金剛魔氏兄弟一起出現，我也不會搖頭搖成這個樣子。

在門外的那個人，實在是不可能來找我的——如果世界上有最憎厭我的人，就非他莫屬。

他每次見到我，都用許多刻毒到近乎下流的話來咒罵我——他曾經在我記述的故事中出現過幾次，每次都毫無例外要將我痛罵一頓，所用的語句和名詞其骯髒的程度，簡直匪夷所思至於極點，充分表示了他心中對我的厭惡程度。

我在記述故事的時候，當然不會把他對我的觀感全部照實百分之百的記下來

（誰會那麼笨！），只不過記述了百分之一二而已，已經可以使人知道他是如何鄙視我和痛恨我了。

我一說出他是誰，大家就立刻可以知道我並沒有誇張——站在門外的那個人，是杜良醫生。

當然就是那個曾經一再在我記述的故事中出現過的那位杜良醫生。

熟悉我曾經記述過故事的朋友當然知道這位杜良醫生是如何恨我，因為他喜歡鬼頭鬼腦、躲起來進行研究，而偏偏他研究的項目，都是人類目前科學還未能觸及，還屬於幻想的範圍，而且取得了非凡的成就，所以我每次都對他的研究項目，進行鍥而不捨的追究，這使他非常惱怒，曾經不只一次說他絕對不想再見到我。

可是這時候他卻站在我家的門口，顯然是來見我，而且顯然是有求於我。

他討厭我、痛恨我，我卻不然，尤其最近我知道他成功的進行了人和人之間的知識轉移，這是人類文明進展過程中偉大之極的成就。

只不過由於他的不合作，所以我對於知識轉移的情形，所知道的極少，由於事情實在太了不起，所以我還是在只知道極少資料的情形下，把事情記述了出來，成

為《乾坤挪移》這個故事。也正由於資料很少，所以這個故事不湯不水，很有些不知所云的味道。

所以我一直很想再見到杜良醫生，只是感到沒有可能，所以不敢妄想而已。

而這時候，杜良醫生竟然就出現在我的面前！

他當然不會無緣無故來找我，這時候雖然我還不知道他來找我的真正原因，卻也可以肯定他必然是有求於我。

然而這傢伙卻十分可惡，他明明是有求於我，可是還是將對我的不屑和鄙視完全表現在臉上，看了他臉上的那種表情，真忍不住想給他兩個耳光。

我知道杜良是德國人，或許他有強烈的日耳曼人的自傲，可是表現的時機未免太不恰當了。

他既然這樣子，我當然也不必給他好顏色看。我完全沒有請他進屋子來的意思，只是冷冷地道：「原來是杜良醫生大駕光臨，不知道有何見教？」

我承認我的態度不是很好，可是比起杜良醫生來，我簡直就是不折不扣的君子了。杜良竟然立刻口出惡言，冷笑道：「衞斯理你少他媽的裝模作樣，我知道你也

有事情求我，大家地位平等，你若是以為可以佔上風，我立刻就走。」

這傢伙的可惡竟然到了這種程度，就算我是君子，也不免惡向膽邊生，我不怒反笑，道：「説得好，天下眾生，無不平等。」

我一面説，一面身子略側，右手向屋裏擺了一擺，雖然我沒有説「請進」，可是這身體語言，卻是請他進來的意思，他當然可以領會。

而在擺出了這樣姿態的同時，我左腳略略抬起，目的是在他跨進門來的時候，我可以以第一時間，用腳把門飛快地關上，使門重重地撞向他。我估計這一撞，縱使不能將他的鼻子撞塌，也必然會撞得他眼前金星直冒，至少要在三分鐘之後，才知道發生了甚麼事情。

當我準備這樣對付他的時候，我並不掩飾心中所想，將我心中對他的厭惡完全表現在臉上，他只要稍為有些自知之明，就可以知道他自己是如何惹人討厭，絕對不會有人歡迎他進屋，那也許可以逃過這一劫。

可是這傢伙卻完全不知道他的態度，任何人都不能忍受，竟然掛着冷笑，傲然昂首，就跨步向前。

我心中暗叫了一聲「來得好」，腳已經抬了起來，估計大約半秒鐘之後，就可以聽到他驚怒交集的慘叫聲了，可是就在這只有半秒鐘空隙的時候，一陣輕風飄過，在我和杜良之間，已經多了一個人，事情來得非常突兀，攔在我面前的當然就是白素，我輕輕地哼了一聲，白素背對着我，做了一個手勢。

就算她不做那個手勢，我也知道她是來打救杜良的，所以我略為退了一步，白素已然非常由衷地表示歡迎，連聲道：「杜良醫生大駕光臨，蓬蓽生輝，榮幸之至，請進，請進，請進！」

杜良卻只是哼了一聲，就大模大樣，走了進來。

這時候我心中真是窩囊之極，若不是白素，換了是任何人，我一定會毫不猶豫將兩個人一起撞出去。

杜良在走進來的時候，還是擺着一副臭臉——有些人或許就是天生的一副臭臉，難以改變，只好這樣想，才能忍受。

在白素的連聲「請坐」聲中，他卻並不坐下來，而是揚着臉，冷冷地道：「衛斯理，你替我做一件事情，我不會虧待你！」

這時候我真的反而一點都不生氣，而且感到非常好笑，娛樂性豐富之極——天下竟然有這樣的人！

我向他一鞠躬，道：「多謝閣下救命之恩！」

杜良居然怔了一怔，一時之間不明白我這樣說是甚麼意思，我接着道：「要是你虧待了我，我就性命難保了！」

這杜良毫無疑問是地球上最出色的科學家，可是這時候他顯然不明白我的話是在觸他的霉頭，他皺了皺眉，不知道該如何反應，白素瞪了我一眼，向他道：「衞斯理看到閣下光臨，喜歡得過了頭，所以胡言亂語，不必理會。」

杜良居然點了點頭，相信了白素的話，我只好苦笑——面對這樣的人，我也想不出還有甚麼方法可以使他知道他是多麼令人討厭的了。

在這樣情形下，最好的辦法當然是交給白素去處理，我冷眼旁觀就是。其實只要杜良不要太過分，我也不反對他留下來，因為我有許多疑問，他可以解答。

杜良直勾勾地瞪着我，道：「你替我到勒曼醫院去走一趟。」

白素一聽，就連連向我施眼色，示意我答應。

我就連連點頭，轉身向外就走，大聲道：「是，我這就立刻動身，半秒鐘也不敢耽擱！」

這種情形，就算是白癡也可以知道我是在調侃對方，可是我們的天才科學家杜良醫生卻是真正的不知道，以為我真的是準備立刻動身到勒曼醫院去！

我曾經遇到過許多不通人情世故的渾人，杜良毫無疑問是在首三名之內。

他在這樣情形下，竟然大聲喝道：「別太心急，你知道到勒曼醫院去要做甚麼嗎？」

常言道「人生如戲」，我就索性做戲做到底，立刻轉過身來，道：「是，是，請你示下。」

杜良吸了一口氣，道：「到勒曼醫院去，去向他們要三個複製人。」

我怔了一怔，別說我根本沒有想到過他要我到勒曼醫院去做甚麼，就算想了，也絕對想不到他會有這樣的要求。

勒曼醫院複製人，由來已久，複製出來的人，非常詭異——並不是複製人的外表有甚麼可怕之處，而是在觀念上有許多叫人連想都不想去想的問題，一想起來就

會引起非常不舒服，非常怪異的感覺。

勒曼醫院複製人，目的是用來做「後備」，「後備」的意思就是：複製了A的複製人，這個複製人只是放在那裏做後備之用，這個複製人與世隔絕，雖然他有完整的腦部，可是他的腦部卻永遠不會有吸收知識的機會。

這複製人是一個人，然而卻完全沒有思想——或許他有思想，然而除了他自己之外，沒有人可以知道他的思想活動，因為他沒有表達思想的方法。

這樣的一個人，是不是真的能夠算是一個人呢？

關於這個如何對待複製人的觀念問題，我曾經和勒曼醫院起過劇烈地衝突。雖然後來我確然知道，利用後備的複製人，確然挽回了不少人的生命，例如A如果患了嚴重的心臟病，需要心臟移植，A的複製人就可以提供完全不會出現抗拒問題的心臟，供A移植。

在這樣情形下，A的生命繼續，而A的複製人當然死亡——我認為這種情形是殺一個人去救一個人，而勒曼醫院方面卻認為根本不存在殺人的問題。關於這一點，我和他們的意見還是有很大的分歧。我一生之中經歷過很多可怕的場面，其中

令我回想起來總不由自主遍體生寒的一個，就是當年在勒曼醫院中看到了很多複製人時候的情景。

在許多次和勒曼醫院反覆交換意見之後，我和他們之間還是無法取得一致的認識。

最後勒曼醫院方面得出了一個結論：人類如果不在對生命的觀點上有徹底的改變，就無法在心理上承受複製人的出現，而這種心理上的脆弱，就必然阻止人類在挽救生命上的進步，不能突破延長人類生命的瓶頸，形成人類生命發展的盲點。

勒曼醫院作出這樣的結論，是很多年之前的事情，那時候人類的科學水平，根本還沒有觸及複製高級生物的領域。

而現在，複製高級生物已經成功，複製人的技術也已經進入可以實行的階段，所以複製人和人類對生命的觀點，正面衝突也已經正式開始。

開始的情形是，歐洲最先立法禁止複製人類，美國在不到一年之後，採取了同樣的對付方法。

傳統的對生命的觀點，贏了第一個回合。

而正如勒曼醫院所說，人類在這方面觀點無法取得突破。然而勒曼醫院預料，複製人類是科學對生命研究的必然方向，沒有任何力量可以阻止，暫時在觀點上的不能突破，只不過是事情在進行的道路上所遇到的一些障礙，在障礙不能阻擋前進的洪流時，障礙就會被突破，在人類進步的歷程中，不止一次出現過這樣的情形。偉大的先驅者哥白尼甚至於被當時的執政者燒死，可是人類文明的進展，還是照着哥白尼的學說前進，當時的執政者早已遭到了歷史的唾棄。

勒曼醫院說，人類對生命的觀點遲早會改變，等到改變之後，複製人類就會成為普通的事實。

在他們得出了這樣的結論之後，我當然聽得出他們的弦外之音是：人類現在還很落後，等到在思想觀念上有了進步之後，這個問題根本不需要討論。

然而，作為人類的一份子，我雖然明知道複製人對人類生命健康有百利而無一害，可是還是在觀念上很難接受複製人不是生命的那種徹底的否定。

我絕對不反對勒曼醫院一直在進行複製人類的行為，也相信一些國家的立法，對勒曼醫院完全不起作用，可是卻也不贊成在人類思想觀念還停留在這一階段的時

候，將應該發生在下一階段的事情，提前實現。

所以我在聽到了杜良的要求之後，思緒十分紊亂，一下子想到了許多，想到的事情雜七雜八，主要的就是上面所記述的那些。

我一面想，一面不由自主搖頭。

搖頭的原因，一是我不願意勒曼醫院的複製人離開勒曼醫院，二是我不明白杜良要複製人有甚麼用，三是我可以非常肯定，就算我和勒曼醫院的關係良好，勒曼醫院也絕對不會肯將他們複製的人給我。

在杜良提出了要求之後，一時之間沒有人說話，白素幾乎沒有反應。

杜良顯得很不耐煩，大聲道：「你搖頭是甚麼意思？」

我沒有向杜良詳細解釋我搖頭的三個原因，只是簡單地道：「我做不到。」

杜良臉色陰沉，冷冷地道：「外星鬼不想地球人進步，你也和他們一樣，受了他們的同化，還是你現在在替外星鬼服務……」

他在這樣說了之後，又神情非常不屑地咕噥了一句：「人奸！」

他以為我聽不到，可是我耳尖，偏偏聽到了，一時之間真不知道是生氣好，還

是好笑。

杜良的所謂「人奸」這樣古怪的名詞，顯然是跟「漢奸」同樣的意思。

杜良一直非常不喜歡外星人，和外星人站在完全對立的地位，他甚至於一貫稱外星人為外星鬼，他離開勒曼醫院，獨自發展，也是因為不喜歡勒曼醫院有外星人的加入。

所以這時候他稱我為「人奸」，我倒可以理解，他認為我常和外星人打交道，就好像抗戰時期常和日本人打交道的中國人是漢奸一樣，我是「地球人奸」。

對於他這種狹隘的「地球人主義」，我當然只是付諸一笑，略感到可哀——看來人類就算在將來可以克服狹隘的民族主義，還需要克服狹隘的地球人主義，要走的路還長得很！

而我對他的話在意的是，他在向我作嚴重的指控，指控我和外星人聯手，阻礙地球人進步，這是百分之百無中生有的胡說八道，未免太可惡了。

我也還真是懶得再和他這樣的人說下去，連才一看到他的時候，那幾分興奮也化為烏有，他有關知識轉移的研究，詳細情形如何，我也不想知道了——應該說我

雖然想知道，可是卻肯定自己無法忍受和他作進一步的交談，所以只好放棄。這時候我正在考慮的是要拉着他的頭髮，把他拖出去呢，還是乾脆一腳把他踢出去。

就在我還沒有決定的時候，白素開了口，她的語氣居然和平常一樣，她道：「此話怎講？」

我們沒有激動，反而倒是杜良反應激烈，他跳了起來，大聲道：「知識轉移是人類加快進步的唯一方法——現在人類進步的速度是爬行，普遍的進行知識轉移，人類進步的速度，就是超音速了！」

白素還是很平靜——杜良的這兩句話，我並不反對——她向我指了一指，道：「這和外星人、和衞斯理有甚麼關係？那是你的研究項目。」

杜良揮着拳，神情更加激動，一時之間說不出話來，白素又道：「你是想通過衞斯理，和外星人言歸於好？」

白素這樣揣測，也很合理，因為看來杜良情緒非常困擾，可能是他的研究工作出了問題，想尋求外星人的幫助。卻不料杜良勃然大怒，厲聲道：「放屁！」

他竟然敢這樣對白素說話，不等白素皺眉，我已經大喝一聲，飛身向他撲去，

我這一撲，去勢何等之快，可是卻想不到白素比我還快，也飛身而起，向我撞來。這一下突然的變化，變成了我和白素兩人在半空中撞在一起，我應變快，立刻就勢抱住了白素，白素也是一樣的反應。形成我們兩人忽然躍起擁抱，然後又一起落地。

雖然夫妻擁抱，事情很平常，可是由於我們的動作實在太快，而且也突然，所以實在很是古怪，杜良瞪大了眼睛，顯然不知道發生了甚麼事情。

還沒有落地，白素就向我搖頭。

我向杜良看去，他顯然完全不知道他至少有三顆牙齒失而復得，還在想說甚麼。

白素雖然阻止了我的行動，可是也顯出相當厭惡的神情——對白素來說，已經說明她心中對杜良的討厭程度。

我雖然沒有動手，可是卻動了口，喝道：「滾！」

白素的動作，配合得很好，她立刻走過去，打開了門。

任何人在這樣情形下，都應該可以知道是非走不可的了。可是杜良卻一點都沒

有離開的意思。

我向白素望了一眼，意思很明白：看來還是非將杜良趕出去不可！

就在這時候，杜良冷笑一聲，道：「我知道你們想趕我走。」

我不怒反笑：「那你還不走？」

杜良的回答，是我無論如何都想不到的，他以理所當然的神情道：「我來這裏的目的還沒有達到，為甚麼要走？我是科學家，進行科學研究。科學研究需要經過不斷地、無數次的失敗才能成功，若是一失敗就走，哪裏來的成功？」

他說得如此理直氣壯，雖然很想將他一腳踢出去，可是倒也很佩服他的氣概，白素畢竟修養好，她很平靜地道：「你想要勒曼醫院的複製人，就是準備和外星人打交道，如果你憎恨外星人，就不應該提出這樣的要求。」

杜良的神情，憤怒之極，雙手緊握，連聲音都變得嘶啞，叫道：「複製人是地球人的創造，和外星人無關，衞斯理可以證明這一點！」

他向我望來，我點了點頭。

確然，當我首次在勒曼醫院發現複製人的時候，勒曼醫院並沒有外星人在內，

外星人參加勒曼醫院，是以後的事情。

當然在外星人參加勒曼醫院的工作之後，對複製人成長的速度方面提供了很大的貢獻，然而最早開始複製人類成功的，確然是地球人。

我看出杜良的情緒非常激動，在這樣情形下，和他討論問題不會有結果，我直截了當地回答他：「不管怎樣，我都無法幫助你——勒曼醫院絕對不會答應讓複製人外流的！」

杜良異想天開：「你神通廣大，難道就不能去偷三個出來？」

我和白素互望了一眼，都不知道該如何回答他才好。他的這種無理要求，使我們根本無法向他解釋這是絕對做不到的事情，而且也可以肯定，就算我們做了最完善的解釋，他也不會接受，所以我們的決定一致：不再理他。

這樣的決定十分正確，因為杜良看來已經失去了理性，成為典型的那種神經病科學家，和他說任何話，他都不會聽得進去，倒不如甚麼都不說。

我們甚至於也不再提他走，就讓他在客廳，當他完全不存在一樣，反正這種情形，我們並不陌生——杜良所佔的空間，絕對不會超過溫媽媽，他的可怕程度和破

壞性，也遠遠不及溫媽媽，所以我們可以應付。

在接下來的時間中，情形有些怪異。

開始，杜良還在等候我們的答覆，希望我們可以答應他到勒曼醫院去偷三個複製人出來的要求，等了一會，他居然也覺察情形不對，我們非但不再和他説話，連視線都不停留在他的身上，白素不多久就離開，我則在一角的椅子上坐了下來，自顧自看書。

杜良有些不知道該如何才好，他惡聲惡氣向我呼喝了至少有二十分鐘，甚至於來到我身邊，大聲叫嚷，可是我充耳不聞，完全當他不存在。

白素離去的時候，故意沒有將大門關上，門開着，而我又這樣對付他，我估計最多半小時，他就會覺得無趣，自行離去。

雖然這樣的結果，使我還是不能夠詳細知道他進行的「知識轉移」的內容，那也沒有辦法——這個人實在到了無理可喻的程度，我只希望他快快離去。

我的估計，不能説不正確，在他發了大約半小時神經病，又説了一連串不堪入耳的髒話之後，憤然向門外衝出去。

在那最後的幾分鐘，我非常佩服自己的涵養功夫，杜良的那些話，簡直連最無賴的市井流氓都說不出來，而我竟然還是能夠當作完全聽不見，這種氣度，可以達到聖人水平！

也由此可知，杜良的可厭程度是如何之甚！

看到他衝出了大門，我自然而然鬆了一口氣，站了起來，準備去關門。可是我才走出了一步，就看到門口人影一晃，杜良又衝了回來。

我心中叫苦不迭，嘆了一口氣，心想做聖人君子，畢竟不容易，還是做動手的小人，比較容易解決問題。

這時候我惡向膽邊生，深深感到剛才實在太笨，已經打算好了如何出手——至少要使他就算還想再進來，也肯定只能爬進來。

我一面冷笑，一面向他走過去。

卻不料這時候，情形和剛才完全掉換了過來，換成了他將我當作不存在，完全沒有注意我的兇形惡相，連看都不看我，自顧自走向酒櫃，拿起一瓶酒來，打開，將酒灌進口中。

那是一瓶杜松子酒，絕少人這樣喝法，看來這時候杜良完全不知道他在喝的是甚麼——他分明是進入精神錯亂的狀態之中了！

其實我早就應該把他當成瘋子——對付瘋子，我至少有超過兩百種方法。

我冷冷地望着他，只見他足足灌下了半瓶酒，才停了下來，然後向後退，一直退到了牆前，背部重重撞在牆上，接着身子向下滑，坐到了地上。

我暫時並不出手，看他還有甚麼花樣可以玩出來。他坐在地上，將手中的酒瓶，在地上敲着，目光散亂，語帶哭音，叫道：「我失敗了！失敗了！失敗了……」

他一連叫了許多聲，聲音越來越悲傷，到最後，簡直慘不忍聞。

我不禁大為好奇。

本來我已經對他的一切都不再有興趣，可是這時候他的行為，絕對不是假裝出來的，他必然是真正的遭受失敗的打擊，才會這種樣子。

然而事實上，他的「知識轉移」工程，卻是成功了的——他成功地使一個白癡成為古文字學家。

為甚麼他會認為自己失敗了呢？

我想問他，而就在這時候，白素走了進來，向我做了一個手勢，示意我不要出聲，她來到我的身邊，低聲道：「不必問，他自己會說出來。」

白素對處於這種精神狀態中的人很了解。

二、可惜之極

所以事情正如她所料，沒有多久，杜良就開始自言自語。

杜良的神情非常難以形容，只能說這種神情只有在失敗了而又絕對不甘心失敗的人的臉上才能看到。

他道：「我失敗了！其實我沒有失敗！只不過是沒有適當的轉移體！我能夠成功！能夠！」

白素輕輕碰了我一下，低聲道：「現在可以試試問他，他或許會回答。」

我明白白素的意思——杜良現在的精神狀態異常，他的自言自語和一般人在說夢話的情況相類似。說夢話的人沒有談話的對象，可是如果有人在一旁搭腔，說夢話者在很多情形下會有問有答，白素就是想利用杜良的異常精神狀態，使他反而可以正常的和我們對話。

我想了一想，用非常平靜的語氣問：「轉移體怎樣才叫做適當？」

在我這樣問的時候，對於杜良所說的「轉移體」究竟是甚麼，並沒有概念。

我只是隨口一問，甚至於沒有預期杜良一定會回答。

可是出乎意料之外，這一問不但有了回答，而且回答還解決了許多疑問，收穫豐富。

杜良聽到了我的問題，可是他並不望向我，只是現出了非常苦澀的神情，聲音也很疲倦，他道：「不能是白癡——白癡的腦細胞有先天的缺陷，雖然接收了知識，卻不能永久保留，只是暫時性的過渡，最長只能使他保留七天……」

他說到這裏，略頓了一頓，苦笑了好一會才繼續：「然後，白癡還是白癡！」

我和白素互望了一眼，心想這種情形確然令人沮喪，然而杜良為甚麼一定要選擇白癡，而不選擇正常人作為知識的轉移體呢？

我還是用非常不經意的語氣問：「何不用正常人？」

杜良苦笑搖頭，足有三分鐘之久，才道：「嬰兒腦細胞發育不足，無法接受轉移給他的知識。」

當然難以想像，將知識轉移到嬰兒的腦部會是怎麼樣的一種情形，嬰兒腦部無法接收大量的轉移知識，是略想一想，就可以明白的事情。

我又道：「誰叫你用嬰兒！」

我知道在如今這樣的情形下，提示杜良回答的話越簡單越好，基本上他現在和處於被催眠的狀況相類似——他由於情緒極度沮喪，自己催眠了自己。

杜良忽然很是憤怒，大聲道：「我怎會用嬰兒做轉移體！那是明知道不可能的事情，我需要的轉移體，不能原來就有知識，原來的知識會抗拒外來的知識，使知識轉移形成紊亂，變成……變成難以想像的……錯亂……」

我不由自主感到了一股寒意。

對於杜良所說的這一番話，我還不能完全明白，可是也很能夠知道大概。杜良是在說知識轉移過程中的一些特殊情形：接收知識的一方，必須原來沒有任何知識。

不然原來的知識和接收的知識會產生抗拒，而導致「難以想像的錯亂」。

就是這句話使人不寒而慄，試想，杜良當然不是平空得出這個結論的。他知道會有這種可怕的結果，必然是經過實踐才得出的結論。

而在他實踐的過程中，有多少個人因為知識轉移而變成了「難以想像的錯

亂」？

那些人後來又怎樣了？轉移進入腦部的知識是不是可以退出來？退出來之後，那些人是不是可以恢復正常？還是那些人一直在「難以想像的錯亂」狀態之中？還是那些人已經不幸死亡了？

剎那之間湧上心頭的問題極多，而同時想到的是：杜良的研究雖然對人類文明進展有極其重大的意義，可是他有權將人當作試驗品嗎？

在我身邊的白素，顯然知道在那剎間我所想的一切，她低聲道：「在沒有瞭解全部事情之前，先聽他說。」

我吸了一口氣，忍住了不出聲。

杜良在說了之後，長長地嘆了一口氣：「可是又無法將人原來的知識全部消除掉！」

他這句話一說，我立刻就明白了他為甚麼需要勒曼醫院中的複製人了！

同時也明白了為甚麼他在連連說自己失敗之後，又說自己成功。

並不矛盾，其實他並不是失敗，而是成功——他找到了知識轉移的方法，只不

過找不到適當的轉移體而已！

他需要的轉移體是一個腦部發育成熟，可是卻又一些知識都沒有的人！

這種適合作為轉移體的人，本來在世界上並不存在，可是自從勒曼醫院成功的複製了人類之後，複製人就天然地成為最佳的知識轉移體。

我相信杜良一定是早就知道這一點的，不過他不願意和勒曼醫院再發生任何關係，而且又以為白癡同樣可以成為轉移體，所以才選擇了一個白癡來進行知識轉移。

結果在知識轉移成功的同時，他卻也發現白癡的腦部結構有缺陷，接收到的知識只能保留一個非常短暫的時期。

然後知識消失，白癡還是白癡——他失敗了！

我不能想像他研究知識轉移的過程是如何艱苦，那一定是一位科學家所能做到的極限，不知道經過了多少次失敗，才能將知識從一個人的腦部，轉移到另一個人的腦部。而結果卻因為沒有適當的轉移體而失敗，他的沮喪可想而知。

在這樣情形下，他即使再不願意見到我、不願意和勒曼醫院發生關係，也只有

來求我，求我到勒曼醫院去要複製人。因為只有勒曼醫院的複製人才是最適合的知識轉移接收體！

在我想到了這些的時候，白素當然也想到了。我們都望着杜良，杜良這個人討厭之極，可是卻也偉大之極。

當他才一提出來「要三個複製人」之際，由於不知道來龍去脈，所以只當他是天方夜譚，根本不做任何考慮，認為那是絕無可能的事情。

現在已經明白，要知識轉移能夠成功，非複製人不可，就覺得為了使這種偉大的工程可以繼續、發展，就值得付出任何的努力。

想法不同，就覺得似乎事情也並不是絕對沒有可能——至少可以去試一試。

在我想到了這一點的時候，杜良恰好也向我望來，他的目光還是並不集中，過了片刻，他視線的焦點才算是集中在我的身上，而且有如夢初醒的神情。

我吸了一口氣，沉聲道：「我明白了——你需要複製人，才能將研究繼續下去。」

杜良在經過了剛才的精神異常狀態之後，好像大病初癒一樣，神態顯得非常疲

倦，然而他的精神狀態卻也顯然恢復了正常。

他望着我，很緩慢地點了點頭。

我也沒有再說甚麼，也向他緩慢地點了點頭。

他當然可以明白我的身體語言——我答應了他的要求。

杜良有一剎間的激動，然後就恢復了平靜，他站了起來，問我：「有甚麼條件？」

我和白素互望了一眼，白素示意由她來說，我點頭表示同意。白素道：「本來，我們想要你將知識轉移的來龍去脈，完全告訴我們——」

白素才說到這裏，杜良就面有難色。白素接着道：「可是想來就算你告訴我們，我們也無法明白，所以只請你答應，研究有了進一步成就，你要將成就公開。」

白素所說的，正是我所想的，杜良聽了，神情興奮之極，大聲道：「當然！當然！不但向全地球公開，而且向全宇宙公開！讓所有外星人看看，地球上不是沒有人！地球人一樣可以在文明進展上有突破，不必由外星人來指手劃腳！也不必以為甚麼事情都是外星人比地球人進步！」

他說得慷慨激昂之極，我知道他非常不喜歡外星人，也不喜歡我對外星人的態度——他那一番話，最後兩句，簡直是衝我而說的，真是本性難移，還是令人生厭。

我忍不住道：「先別說人家的不是——還要去求人家哩！」

杜良恨恨地道：「勒曼醫院本來是我們的！現在有需要，反而還要去求人家，難為你衞斯理還一直以為外星人不會對地球有惡意！」

我不想和杜良在這個問題上爭論——外星人參加勒曼醫院的工作，我認為是好事，如果不是有大量外星人參加，勒曼醫院的工作不會如此出色。

我的想法，杜良當然不會同意，所以不必浪費時間去爭論。

這時候我想到的是：向勒曼醫院要複製人，其困難程度和與虎謀皮差不多——勒曼醫院方面一定不肯讓複製人外流。

而我明知道這一點，還答應了杜良的要求，是想到複製人不能離開勒曼醫院，可是杜良卻可以到勒曼醫院去！

我相信勒曼醫院中不論是外星人和地球人，都一定會熱烈歡迎杜良回到勒曼醫

院去。杜良在勒曼醫院繼續他的知識轉移工程的研究，一定比他獨自在外面研究，會有更多的方便，也一定會取得更好的成績。

如果杜良堅持不肯和外星人有任何聯繫，我也總算曾經為偉大的知識轉移工程盡了一分力。

當時我只是攤了攤手，表示不想爭論，杜良兀自悻然。我道：「有了消息，如何聯絡？」

杜良居然十分有禮貌，道：「請記下我的電郵地址。」

我苦笑了一下——對於電腦網路發展到了每個人都有一個「電郵地址」的時候，不知道有多少人和我有同樣的感覺：電郵地址，其實並不是地址。地址，應該實實在在有一個地方在那裏，和地址有關的，也應該是一個有名有姓、實實在在的人。

可是所謂電郵地址卻虛無飄渺，根本不知道在甚麼地方，也根本不知道是一個甚麼樣的人。

然而卻偏偏可以和這樣一個類似影子一樣的存在進行溝通，使得甚麼叫做真

實，變得毫無意義。

所以我並不是很喜歡通過不知道屬於甚麼人、甚麼所在的電郵地址進行溝通。這時候杜良給了電郵地址，雖然我知道他是甚麼人，可是卻不知道他在何處，算是一半一半，勉強可以接受。

白素記下了電郵地址，杜良很禮貌的告辭，在門口，他甚至於握住了我的手，非常懇切地道：「衞斯理，要小心和非我族類打交道——他們不會安好心啊！」

杜良這時候的表現，很令人感動，很難想像幾天之後，他的表現會叫人恨不得將他大卸八塊！

我到勒曼醫院去的經過不必詳細敘述——一切全在意料之中，勒曼醫院表示對複製人外流，沒有商量的可能，但是卻對知識轉移工程感到極大的興趣，而且非常佩服杜良的成就，答應只要杜良到勒曼醫院來，就可以提供任何方便，讓杜良進行研究，甚至於在知道杜良不喜歡外星人之後，表示在勒曼醫院中所有的外星人，都不會和杜良見面。

雖然在勒曼醫院的外星人，看起來完全和地球人一樣，杜良根本沒有可能知道

對方真正的身份，可是勒曼醫院的承諾，表示了他們歡迎杜良前來的誠意。

我以為這是最好的結果了，所以還沒有回到家，就通知了杜良：事情進展良好。和他約定了時間在家裏見面。

在和白素聯絡的時候，白素卻不如我那樣樂觀，她道：「別低估了杜良對外星人的偏見！」

我當時的回答是：「就算有偏見，他也應該知道這是最好的結果——不可能更好了！」

然而我錯了，大錯而特錯！

杜良在聽我說了我認為是最好的安排之後，他的反應是比任何的瘋狗還要瘋狂。

他先是向我撲過來，雙手想抓我的臉，當然他無法達到目的，被我抓住了他的雙腕。

然後他抬腳踢我，被我先發制人，踩住了他的腳背。

他的手腳都不能再對我進行攻擊，他竟然拼命伸長脖子，張大了口，白牙森

森，想來咬我！

而在這一切瘋狂動作的同時，從他口中吐出的一連串語言，其惡毒的程度，完全超乎我的想像能力——我一直以為人類語言不夠豐富，很難完全表達人類的感情，看來也錯了。因為這時候杜良所發出的語言，很能夠表達他的憤怒和希望我會有甚麼的下場。

而他的結論，是我出賣了他，將他的研究結果，出賣給了外星人（勒曼醫院），所以我完全應該接受他對我的詛咒。

我在考慮應該如何阻止他的言語和行動，還沒有發動，白素在一旁冷冷地道：「杜良醫生，雖然你的研究很了不起，可是在外星人看來，也根本不算甚麼，人家歡迎你去，是對你的鼓勵，人家才不希罕你的研究！」

杜良陡然瞪眼，想將發洩的對象轉為白素，白素不等他開口，就道：「早在你所謂成功之前，早就有知識轉移的例子，而且接收的知識和原來的知識並沒有衝突抗拒的現象，非常成功！」

杜良張大了口，瞪大了眼，一時之間，忘了發瘋——他有這種反應，很容易理

解。在他的研究過程之中，無法克服的困難，卻在白素口中，根本不成問題！他必然日思夜想，想要解決這個困難，聽到有可以解決的方法，當然會立刻被吸引。

他大約有十秒鐘的安靜，然後大聲道：「胡說！」

白素微笑：「我何必胡説——我女兒就曾經接受知識轉移，她接收的知識之豐富，想破了你的腦袋，都無法設想！」

杜良盯住白素，全身僵硬，只有眼珠還在轉動。

我鬆開了手，後退幾步，杜良的身子，像是氣球在洩氣一樣，慢慢軟下來，坐倒在地上，出氣多，入氣少，半死不活，很是可憐。

白素嘆了一口氣，道：「你不必沮喪，能夠將知識從腦部份離出來，確然是了不起的成就。」

杜良搖頭，不理會白素的話，不斷地道：「你胡說！你胡說！我不相信！」

白素也不理會他，開始將紅綾如何是一個野人而後來接收了大量現代知識的經過，說了一遍，結論是：早就有外星人掌握了知識轉移，所以根本不存在「出賣」

這個問題。

杜良雖然剛才反應瘋狂，可是他畢竟是科學家，有判斷能力，可以判斷白素所說的是事實。

他聽得很入神，在白素說完之後，他想了一想，才道：「野人本來就沒有知識，所以才沒有抗拒。」

白素搖頭：「人要在蠻荒的環境中生存，必須有極其豐富的適應環境的知識！」

杜良不由自主點了點頭，慢慢站了起來，向外走去，神情之失落，非常令人同情。

白素大聲道：「應該考慮——」

杜良揮了揮手：「不會考慮——我絕對不會考慮依靠外星人來推展我的研究！」

固執的人我見過許多，毫無疑問杜良是其中的冠軍。

白素搖了搖頭：「紅綾——我們的女兒有接收知識的經歷，她是地球人，如果你的研究有需要她幫助之處，我相信她一定十分樂意相助。」

杜良抬頭向天，過了一會，才道：「有需要，我會說。」

他慢慢向外走去，身形佝僂，反映他的心情沮喪之極——他一直以為自己的研究，宇宙獨步，忽然知道了原來早已有人做過，當然會感到連生存意義都沒有了的難過。

白素的同情心遠遠超過我，她跟在杜良的後面，送杜良出去。

杜良始終沒有回頭，一直到彎路，白素才停止，而杜良的背影也看不見了。

白素又等了一會才回來，神情很是可惜。

我也覺得杜良就此離去，非常可惜。

好不容易杜良出現，本來是對他的研究工作進行瞭解的最好機會——他的研究工作和人類腦部有關，可以說是對人類腦部研究的最尖端，連勒曼醫院有如此龐大的設備和人力都及不上，由此可知他研究工作的偉大。

而且我一向認為人類應該對自己的身體多多研究——連自己的身體結構尚且沒有一定程度的瞭解，卻努力去研究其他方面的事情，甚至於想要瞭解宇宙的奧秘，我覺得這種情形很是滑稽。

而腦部是人類身體的最重要部份，可是偏偏人類對自己的腦部所知最少，一直

到現在，連對人生命最重要的記憶，是以甚麼樣的狀態存在於腦部的何處，科學界還沒有結論。

我相信杜良至少在這方面，已經有了巨大的突破——他早已成功的進行了思想複製，他給以一定思想的複製人，將勒曼醫院上下瞞了好多年，才被發覺。

我也知道他的研究工作，包括將思想植入胚胎之中，進行實驗。他的實驗成功——植入思想的胚胎，在成長之後，對被植入的思想有記憶，他可以輕而易舉地喚醒這種記憶。

以上的兩種情形，都是對人類腦部研究的最尖端，都由杜良完成，我也都曾經在我對其間詳細的情形並不瞭解的情形下，將事情盡我所知地記述下來，而且給以極高的評價，認為杜良是對人類腦部研究的先鋒，對人類向高級生物進化，有無可估計的高價值。

而這次，杜良又成功地進行了知識轉移，這更是一項了不起的成就，對人類文明進步的貢獻之大，難以形容。

我極想知道其詳細內容，有許多疑問，只有杜良可以給答案。例如：知識是不

是要等到人死亡之後，才能轉移？是不是在經過轉移之後，原來具有知識的人就變成沒有知識了？知識轉移和知識複製，又有甚麼區別？如何將知識和思想分開來——兩者都是存在於腦部的記憶，其分離過程又是甚麼情形？

問題不知道有多少，雖然我知道其中許多問題，就算杜良給了答案，我也不一定懂，可是總比完全沒有答案好！

可是偏偏杜良前後來了兩次，我對他的研究工作內容，還是一無所知！

第一次杜良來，沒有結果，倒也罷了，以杜良的為人而論，他不可能一下子就將秘密說給我聽。

可是他第二次來，我已經遠赴勒曼醫院，替他做了這樣妥善的安排，他卻完全不能接受，剛才如果不是我有一定的自衛能力，只怕已經被他掐死或者甚至於被他咬死了！

杜良和外星人之間水火不容，還可以說是地球人和外星人之間，由於是截然不同的兩種生物，所以難以完全溝通。可是我和杜良完全是地球人，為甚麼也這樣難以溝通呢？

想到這裏，我不禁苦笑，感到自己實在太天真了，竟然會產生這樣的問題——地球人和地球人之間，如果存在必然可以溝通的條件，地球人的歷史，就絕對不會現在這樣子了！

而地球人自己之間，都無法好好溝通，最主要的原因，是由於地球人對產生並儲藏思想的腦部，所知太少的緣故，所以杜良的研究特別有價值。

杜良這一去，看來不會有第三次來的機會了，我錯過了兩次機會，當然可惜之極。

白素來到了我的身前，握住了我的手，我們一起回到了屋子，白素嘆了一口氣，道：「我並不是故意要打擊他，而是他竟然如此曲解了我們的好意，實在太過分了！」

白素剛才向杜良說，知識轉移並沒有甚麼了不起，在我們的女兒紅綾身上早就發生過，使得杜良非常沮喪，這才肯離去。

對付杜良剛才那種瘋狂的行為，只好如此，並不需要感到內疚。其實杜良如果能夠心平氣和，略想一想，就可以知道，發生在紅綾身上的情形，和他所進行的知

識轉移很不相同。

紅綾得到知識，是單方面的接收，灌輸到她腦部的知識，並不是屬於另一個人所有。所以嚴格來說，不能算是知識轉移。

知識轉移必須是將知識從一個人的腦部，轉移到另一個人的腦部中去。

這種情形比紅綾的情形要複雜得多，要多一個將知識抽離腦部的過程，這個過程比將知識輸入腦部更困難，而杜良卻做到了這一點！

所以杜良完全不必感到「早已有人做到過」，因而在情緒上大受打擊。

我吸了一口氣，搖了搖頭：「看他剛才的情形，如果不是你用這番話使他離開，我一定會將他摔下山去！」

白素苦笑：「這……這位杜良醫生，也實在太難以相處了——勒曼醫院方面一定要失望了。」

我也苦笑：「勒曼醫院答應一切都可以照杜良的意思行事，只要杜良肯回去，這樣的條件他不接受，我認為這個人簡直矛盾到了極點！」

白素完全可以明白我何以這樣評價杜良，她道：「是啊，他的研究對人類進化

有重大的意義，可是由於他的偏執而產生的行為，卻阻止了他的研究工作。」

杜良毫無疑問是天才，可是這個天才的性格，卻如此執拗，真是可惜之極——如果他不是具有這樣的性格，當然會一直留在勒曼醫院，他的成就，就可能十倍、百倍於現在了！

在人類歷史上有許多偉大的天才由於性格上的缺陷，而形成悲劇，杜良可算是其中的典型了。

我和白素都非常感嘆，無可奈何。

在杜良離去幾天之後，我們都還很悶悶不樂，不過也總當這件事情已經過去了，雖然白素曾經幾次向杜良的電郵地址發出郵件，向杜良詳細解說他和勒曼醫院合作的好處，也將勒曼醫院答應的條件告訴他——照勒曼醫院的條件來看，杜良甚至於不必和勒曼醫院合作，他只是將研究工作的地點轉移到勒曼醫院而已。

這樣，對他的研究工作，可以說只有好處，沒有壞處。白素在郵件中的用詞，也十分懇切。

我沒有阻止白素，不過認為像杜良這種花崗石腦袋的人，恐怕不會聽別人的意

見。

發出的電郵當然沒有回音，正如我對電郵地址的感覺，那完全是虛無飄渺的，發出的郵件，不知道去了哪裏，也不能肯定收件人是不是收得到！

三、中選

雖然非常可惜，可是事情也只好就此告一段落，沒有辦法可想。

在接下來的日子中，當然沒有杜良的消息，倒是勒曼醫院方面非常熱心，由亮聲代表，向我問了幾次，想知道杜良甚麼時候可以到勒曼醫院去。

亮聲說了，勒曼醫院上下，都因為杜良可能到來而非常興奮。

我聽得亮聲這樣說，只好搖頭嘆息——杜良是勒曼醫院的創辦人之一，因為理念不合而離去，對雙方都是損失，他能夠回去，當然再好不過。

然而我卻非常理解杜良的心態，所以在將杜良在我這裏的行為告訴亮聲的同時，我還向亮聲分析了杜良不會那樣想。

杜良的想法，是認為他的離去，只是勒曼醫院單方面的損失，勒曼醫院越是歡迎他回去，他越是認為人家非他不可，他越是認為外星人想搶奪他的成就！

所以我的結論是：杜良不會回勒曼醫院去，叫亮聲告訴勒曼醫院上下，不必等待了。

在亮聲的聲音裏，我可以感覺到他的失望，他連連道：「可惜！太可惜了！」

在亮聲的失望中，更使我覺得杜良這個偉大的天才之了不起的程度，遠在我的想像之上。

因為勒曼醫院方面，顯然也非常迫切希望能夠得到杜良關於人類腦部研究的成就。

我記得勒曼醫院不只一次向我表示過，他們對人類腦部結構的研究，並不是很有成績，亮聲就曾經感嘆，說地球人的腦部實在太複雜了。

他曾經表示，具有這樣複雜結構腦部的生物，應該非常高級，可是卻不知道為了甚麼原因，地球人未能開發腦部的功能，只是在腦部功能的千分之一、甚至於萬分之一的範圍內打轉。

他們如此熱切歡迎杜良，當然是認為杜良的研究，可以有助於解決這個謎團。

由此可知杜良研究工作的成就是如何驚人了。

我和白素商量過這種情形，都隱隱感到，杜良的執拗，也不能説完全沒有道理。

試想，外星人研究地球人腦部，沒有成績，對地球人來說，是好事還是壞事？有了成績，有可能大大推進地球人充分利用腦部功能，使地球人進步速度大大加快。然而有了成績，地球人腦部的奧秘，反而掌握在外星人手中，總是令人想起來就感到不自在的事情——如果有全球投票，只怕大多數地球人都不會贊成有這種情形出現。

雖然我一直相信外星人不會對地球人有惡意，然而對於自己身體最重要部份的奧秘掌握在外星人手裏，還是不免「心有戚戚焉」，何況一心認為外星人不懷好意的杜良。

所以不但是我，連白素也認為杜良不可能到勒曼醫院去。

然而事情的發展，往往出乎意料之外，大約在一個月之後，在午夜時分，收到了亮聲的電話。

亮聲在電話中的聲音興奮之極：「衛斯理，你和衛夫人真是勒曼醫院最好的朋友！」

我為之愕然，亮聲急不及待告訴我：「在你們的勸說下，杜良醫生改變了主

意。」

我難以相信，不由自主搖頭，亮聲繼續在歡呼：「他已經答應回勒曼醫院——細節問題還有待商量，可是他答應回來了，我第一時間將這個喜訊告訴你們！」

亮聲的興奮，使我不免有些「小人之心」，我問了一句：「杜良能帶來甚麼好處？」

亮聲道：「不知道，難以估計。」

我心中嘀咕：是不是外星人從此可以掌握地球人腦部的奧秘了？

我只是搖頭，並沒有問出來，亮聲當然沒有發覺我心中曾經閃過這樣的念頭，他還是繼續興奮：「有進一步消息，我立刻告訴兩位。」

亮聲來報告這樣的「好消息」，當然不可能是來和我們開玩笑，也就是說，杜良確然已經和勒曼醫院聯絡過，表達了他回勒曼醫院的意願。

可是當我和白素互望一眼之後，我們還是不由自主搖頭，表示不能夠接受。

白素遲疑地道：「很難想像杜良醫生的性格會忽然改變——他是如此之自我中心，怎麼可能改變？」

我也覺得事情很古怪，我道：「或許他感到自己的研究工作走到了盡頭，不到勒曼醫院去就不可能再有進展，所以才不得不如此？」

白素還是搖頭，可是她也說不出第二個可能，她只是道：「勒曼醫院方面可能高興得太早了。」

她言下之意，是說杜良回勒曼醫院這件事情，不會那樣順利，即使杜良表達了意願，在商量細節問題的時候，可能還是會不歡而散。

然而在接下來的一個月之中，亮聲的「好消息」不斷傳來。

「將和杜良醫生會面，會面者之中，除了勒曼醫院的原始創辦人之外，還有我這個外星人。事先我們完全知道杜良醫生對待外星人的態度，所以我們決定並不隱瞞我的身份，告訴杜良醫生我會參加會面，杜良醫生接受我的參加。」

接着是：「已經和杜良醫生會面——開始時杜良醫生拒絕和我握手，可是在經過了愉快地交談之後，他在分手的時候，不但和我握手，而且還拍打我的肩頭，表示親熱，我將這種情形傳回勒曼醫院，全體感到興奮，相信兩位一定會有同樣的感受，所以特別告知。」

我和白素還是忍不住搖頭——並不是不相信，只是感到不可思議。世界上真是甚麼事情都可能發生，連杜良都會有和外星人握手的一天！

和亮聲以及勒曼醫院其他的外星人不同，我只感到驚訝，覺得奇怪。

向白素望去，只見她皺着眉，分明是除了奇怪之外，還有別的想法，我向她投以詢問的眼色，白素搖了搖頭，表示現階段，她並沒有甚麼具體的想法。

這種情形，我非常可以理解，因為我也一樣，感到事情古怪，有不合理之處，可是又說不上來究竟是哪裏不對頭。

我們同時覺得事情就算再古怪，我們也無能為力，只有等候事情的發展。

在亮聲的不斷報告中，我們知道杜良和勒曼醫院言歸於好的事情進行得很順利。應該說是勒曼醫院對杜良遷就之極，對杜良提出的所有要求，都完全答應。

根據亮聲所說的情形，杜良在回到勒曼醫院之後，可以在一個完全獨立、不受任何人干涉的環境中進行研究，他可以自己選擇助手、可以運用勒曼醫院的一切設備——如果勒曼醫院沒有他需要的設備，就必須為他增加。而且他可以調閱勒曼醫院方面對人類腦部進行研究的全部資料。

步。

在知道了這樣的條件之後，我已經感到不可思議的程度，達到了難以想像的地步。

這樣的條件，看起來很簡單，其實內容相當驚人。因為杜良研究工作所需要的設備，可能在地球上根本就不存在，那麼根據協議，勒曼醫院就需要從其他的星球去尋找，等於是集中許多外星的科技來協助杜良的研究。

從這種協議來看，對杜良的研究工作，當然是大大的有利，難怪杜良肯和他一向最討厭、認為對地球最不懷好意的外星人合作了。

可是勒曼醫院方面能夠得到甚麼好處呢？

如果勒曼醫院能夠得到杜良研究的結果，那也可以理解。然而亮聲提供的資料，卻說杜良可以全部保留他研究的結果，不向任何人宣佈！

亮聲在說到這樣的條件時，聲音還相當愉快，好像覺得杜良有這樣的權利，理所當然。我當時就忍不住叫起來：「那你們有甚麼好處呢？」

對杜良和勒曼醫院之間的情形，知道得越多，也就越覺得事情古怪，因為所謂「合作」，總應該是雙方都有利的事情。而現在看來看去，獲利的只是杜良。杜良如

果不將研究所得公開，勒曼醫院就一無所得，這實在太不合理了，所以我自然而然有此一問。

亮聲哈哈大笑，忽然大聲朗讀：「孟子見梁惠王，王曰：叟，不遠千里而來……」

若不是我大聲喝止，他這個外星人可能會將孟子七篇全部都背出來給我聽。

當時我真是又好氣又好笑，亮聲用這樣的方法來回答問題，意思很容易明白，他是說勒曼醫院方面並不追求任何的好處，「唯仁義而已」！

看來亮聲沒有譏笑我的問題是「以小人之心度君子之腹」，已經很給我面子了。

確然，從「外星人全心全意希望地球人進步」這種認知為出發點，勒曼醫院的作為就可以理解——他們不求自己有甚麼好處，只希望杜良能夠在他們提供的協助之下，對人類腦部奧秘有更多的認識。

我也很願意接受這樣的解釋，然而心中卻總不免嘀咕，覺得事情超出常理之外——或許杜良不是常人，勒曼醫院也不是普通的醫院，所以事情根本不能用常理來

衡量。

亮聲在報告了杜良終於到達勒曼醫院，開始他的研究工作之後，大約有二十天沒有訊息。

我以為事情告一段落了，只希望杜良的研究，很快取得成就，使知識轉移成為普遍的事實。

我和白素花了不少時間，設想知識轉移成為普遍的事實之後的情形——任何人都可以根據自己的想像力去想像。我想到了許多，其中的一點，是我設想，一個人的知識，在他還活着的時候，就可以轉移給別人。而且還不是一個人轉給一個人，而是一個人將他的知識轉移給許多人！

這種情形，看起來好像只存在於幻想之中，其實大大不然。

一個人的知識，轉移給許多人，這種情形一直存在於現實之中，任何課室裏，教師向學生授課，就是這種情形。

只不過這種轉移知識的方式，太落後，也太差效果了——知識通過語言或文字形成的訊息，進入接受者的腦部，在過程中，知識損失了百分之九十九以上！

只有杜良的直接知識轉移方法，才是知識向全人類普遍傳遞的最好方法。

我也更進一步想到，人類通過知識轉移，就人人能夠具有高超的知識，在這樣情形下，人類非但獲得了知識，而同時必然在品格上，獲得提高，使人類能夠成為高級生物。

因為人之所以無恥，是由於無知。

關於這一點，白素卻不同意，她說了一番話，很值得深思。她道：「人無恥，有的是因為無知，有的卻並不是。而不是由於無知的無恥更無恥！」

我聽了之後，想了一想，收回了我的進一步想法，承認知識並不一定可以提高人的品格，很多知識程度極高的人，其無恥的程度遠遠在無知者之上——放眼望去，這種例子太多了。

我和白素的設想，只不過是幻想而已，杜良實際研究工作究竟如何進行，我們當然無法知道。

在我們已經將事情放過一邊的時候，那天和白素一起回家，才一進門，就看到客廳裏的情形非常特別。

勒曼醫院的亮聲，坐在沙發上，在他的對面，距離相當近，坐着老蔡。老蔡目不轉睛地盯着亮聲看，好像亮聲是甚麼怪物一樣。

亮聲當然是不知道甚麼怪物，可是這時候亮聲卻借用了地球人的身體，看起來完全和地球人沒有兩樣，不知道老蔡在他身上發現了甚麼怪異之處。

我們一進來，亮聲就大大地鬆了一口氣，站了起來，道：「兩位回來了，可好了。」

我看出，亮聲在老蔡這種注視的目光下，顯得不自在，就順口問道：「我們不在，有甚麼不好？」

亮聲壓低了聲音，道：「貴管家看我的眼光很怪，好像……好像……」

他遲疑了一會，卻也說不出所以然來。

老蔡這時候已經走開去，口中咕噥了一句話，我也沒有聽清楚，他對於所有來客都絕不友善，所以我也沒有在意。

我向亮聲道：「大駕光臨，有何指教？」

我心中感到很奇怪，因為如果不是有很重要的事情，亮聲不會親自前來，然而

我卻想不出會有甚麼重要的事情。

亮聲略為猶豫了一下，才道：「杜良醫生的工作效率很高，他一來到勒曼醫院——」

我打斷了他的話頭：「你來，必然有重大的事情，請直接說，不要轉彎抹角。」

亮聲苦笑：「事情總要從頭說起。」

他這樣說，等於已經承認了確然有重要的事情要對我說，使我更性急想知道，然而這時候白素向我擺了擺手，示意我不要阻攔亮聲的說話。

我還是說了一句：「請長話短說！」

亮聲點了點頭，道：「杜良醫生第一步工作，就是選擇他認為適合進行知識轉移的複製人。」

聽到了事情和複製人有關，我不禁皺了皺眉——關於複製人的問題十分複雜，複雜到了使我只想逃避，不想接觸的地步。

亮聲看到了我的反應，略停了一停才繼續：「我們不知道他需要的標準是甚麼，只好允許他對所有的複製人進行選擇的測試，只知道他是在測試複製人的腦電

波——」

我揚了揚手，道：「等一等！複製人完全沒有思想，有甚麼腦電波？」

亮聲吸了一口氣，沉聲道：「沒有思想，並不等於沒有腦電波，只要是活的腦，就會產生腦電波。」

這就是我不願意接觸有關複製人問題的原因之一：實在太怪異、太難令人接受了！

複製人當然有腦，腦也當然是活的。

可是這活的腦，卻一無所有，是空的！

空的、卻又是活的腦，究竟能不能算是屬於人的腦？進一步的問題是：只有空腦的複製人，能不能算是人？

這些問題，不但是我想逃避，不願意接觸，在複製人已經可以出現的今天，全人類都在逃避這個問題，許多所謂先進國家，紛紛立法禁止複製人，就是逃避問題的證明。

當時我哼了一聲，表示對這個問題，沒有深入研究的興趣。

亮聲繼續道：「經過了三天的篩選，杜良醫生選出了一位複製人，作為他知識轉移的第一個對象——」

我再度打斷了他的話，因為在他的話中聽出了一些古怪——他在提到了複製人的時候，稱呼是「一位」，而不是「一個」。

他為甚麼要用那樣尊重的稱呼？

我首先想到的是，在勒曼醫院中的複製人，作用是作為「後備」，是需要的時候，摘取他們身體的某部份之用。普通人當然不會是勒曼醫院的目標，在勒曼醫院有複製人的人，都是地球上非富即貴的重要人物。

被杜良醫生選中的是甚麼人的複製人呢？

雖然可以肯定必然是一個重要人物的複製人，可是重要和重要之間，有程度的不同——一個普通的富豪和一個國家的元首之間就有差別。

而強國的元首和小國的元首之間，又有差別。

如果杜良選中的是一個強國元首的複製人，那情形就會是難以形容的複雜和怪異了！

設想這個複製人，在進行了知識轉移之後，當然不是只有「空腦」的「後備」，而變成了真正的人，而且是具有非凡知識的人。而這個人的外形，卻又和一個強國元首一模一樣，由此會衍生出甚麼樣的事情來？

我無法想像，只是覺得事情很嚴重——其嚴重的程度，可能遠遠超過我的感覺。

白素在這時候，顯然和我有同樣的想法，所以我們一起問：「杜良醫生選中了甚麼人的複製人？」

在亮聲說了那些話之後，我們有這樣的問題，是非常自然的事情。可是亮聲在聽了我們的問題之後，神情怪異莫名，複雜無比，望着我，不知道他想表達甚麼情緒。

我和白素看到了他這樣的反應，都怔了一怔，白素突然震動了一下，立刻也用幾乎和亮聲那樣莫名其妙的神情向我望來，我攤了攤手，向白素道：「你想到了甚麼？」

白素並不回答，卻轉向亮聲，亮聲居然知道白素是在問他問題，而且看來更知

道白素在問他甚麼，他立刻點了點頭。

看到這種怪異莫名的情形，我心中一動，笑道：「幸而沒有我的複製人在勒曼醫院，不然我會以為選中我了！」

這句話一出口，亮聲的表情更是怪到了不能再怪，白素雙手遮住了臉，表示不能夠再看下去，屬於廣東人打話：「冇眼睇」。

我也感到了事情不對頭，伸手就抓住了亮聲胸口的衣服，將他拉了過來。

亮聲雙手亂搖，叫道：「我們絕對沒有惡意，只是認為閣下是勒曼醫院的好朋友，所以為閣下準備了……以防萬一有需要的時候，可以挽救閣下的生命！」

我厲聲道：「所以在未經我的同意之下，有了我的複製人？」

我在厲聲喝問的時候，用力搖晃亮聲的身體，亮聲被搖得說不出話來，只好連連點頭。

我心中不知道是甚麼滋味，又追問：「杜良選中的，就是我的複製人？」

亮聲又不住點頭。

我用力將他推了開去，一時之間思緒紊亂之極，實在不知道該如何反應才好。

事情本來和我一點關係都沒有，現在卻忽然變成了大有關係，可是究竟有甚麼關係，卻又完全說不上來，真是詭異至於極點，連想都沒有辦法想！

亮聲站穩了身子，道：「其實……其實……」

這時候我腦中非常混亂，一時之間也無法揣測亮聲究竟想說些甚麼。我需要靜一靜，就大喝一聲：「住口！」

亮聲張大了口，不再出聲，我感到有一個重大的陰謀，正在進行，可是究竟這陰謀的目的是甚麼，我卻一點都沒有頭緒。

我將事情迅速地整理了一下，將它歸納起來，發現現在的事情是這樣：

一、勒曼醫院在未經我的同意下，複製了我的複製人。

二、勒曼醫院聲稱是為了我着想，所以才這樣做——可以相信勒曼醫院確然如此。

三、杜良的研究工作需要一個複製人。

四、杜良選中了我的複製人作為知識轉移的對象。

到目前為止，我只能夠將事情整理出這樣的四點來。

接下來的問題當然極多，我可以相信勒曼醫院，卻不能相信杜良，因為杜良一直對我非常不友善，他選擇我的複製人來進行知識轉移，肯定有研究之外的另外目的。

可是那「另外目的」是甚麼，我沒有絲毫概念。

我一面想，一面向白素望去，白素已經放下了手，她皺着眉，搖了搖頭，表示她也不知道杜良這樣做是為了甚麼。

我這才向亮聲道：「你剛才想說甚麼？」

亮聲苦笑：「我想說……其實……其實事情對你一點妨礙都沒有……」

亮聲可能是被我剛才激烈的反應嚇着了，所以說起話來，有些期期艾艾。

我聽得他這樣說，不禁又心頭火起，厲聲道：「怎麼會沒有妨礙？」

亮聲吸了一口氣，挺了挺胸，也提高了聲音：「對你有甚麼妨礙，或者對你有甚麼損失，請你告訴我！」

我怔了一怔，一時之間倒也說不上來。

杜良在勒曼醫院用我的複製人進行知識轉移工程，對我有甚麼妨礙？我會因此

受到甚麼損失或者傷害？

答案似乎是完全沒有。

然而知道了有這樣的事情之後，心中的不好受，簡直難以形容，比吞下了一大塊生豬油還要難過。

我恨恨地道：「這事情使我極度的不舒服，這就是我的損失，是對我的妨礙，甚至於是傷害！」

亮聲神情苦澀，道：「那是我的不是——杜良醫生和很多人都竭力主張不必告訴你，是我一個人，認為既然你是勒曼醫院的朋友，就不應該對你有所隱瞞。」

這時候白素來到了我的身邊，和我並肩而立，表示對我的支持，由此可知，那種不舒服之極的感覺，不但我本身有，連對我極度關心的白素也有。

我怒道：「當我是朋友，就不應該由得杜良傷害我！」

亮聲對我的質問，反應很是愕然，像是不知道我在說些甚麼，我哼了一聲：「杜良這傢伙非常恨我，他對我絕對不懷好意，我現在不知道他有甚麼陰謀，可是卻肯定有陰謀存在！」

當我說到一半的時候，亮聲就又是搖頭，又是搖手，當我說完，他立刻反問道：「你認為杜良醫生是故意選中了你的複製人？」

我冷笑：「當然是！難道不是？」

亮聲吸了一口氣：「你誤會了，全院有七百多個複製人，在進行腦電波測試的時候，杜良根本不知道誰是誰，只是根據腦電波的適合程度來決定，等到決定了之後，杜良才看到了選中的對象，當時他也幾乎不能相信事情會這樣巧！」

我繼續冷笑：「當時他一定對終於有機會可以對付『衞斯理』，感到非常高興了？」

杜良一直將我當仇人看待，雖然他能夠對付的只是我的複製人，就算他將那複製人的頭切了下來，對我來說，還是毫髮無損。可是對杜良來說，能夠將「衞斯理」的頭切下來，一定會感到十分愉快！

而他的愉快，是建立在我的不愉快之上，事情之窩囊，也可想而知。

亮聲苦笑了一下，道：「你又誤會了，他當時的反應，並不如你所想像。」

四、不是人話

我心想，地球人用虛假的表情和反應，來掩飾內心真實感情的能力何等高強，豈是亮聲這個幼稚的外星人所能想像於萬一！

譬如這時候，亮聲就完全不知道我在對他進行「腹誹」。

亮聲在我的冷笑聲中，道：「杜良當時一看到中選的是你的複製人，就叫道：『糟糕，這事情如果讓衛斯理知道，一定認為是我故意和他過不去了！』我說：『不要緊，衛斯理不是這樣的人。』杜良還不住搖頭，連連道：『不妥，不妥！』」

我哼了一聲：「既然他認為不妥，那麼現在一定已經換了另外一個複製人了？」

我在這樣問的時候，當然知道並沒有換人，如果已經換了人，亮聲根本不必來我這裏了！

亮聲嘆了一口氣：「杜良先是堅持換人，可是在比較了所有複製人腦電波測試的結果之後，還是原來中選的最適合，而且適合的程度遠遠超過其他人，所以……所以……」

他說了半天，還是要「玩」我的複製人，說了等於不說。

我的憤怒程度，也因此提高，我道：「對於知識轉移，勒曼醫院並無研究，所以所謂『適合程度』如何，全是由杜良來決定，是不是？」

亮聲點了點頭。

我說得非常堅決：「我不知道杜良這傢伙，究竟意欲何為，可是如果勒曼醫院容許他對我的複製人進行活動，那就不但使我和杜良之間的敵對程度增加，也使我和勒曼醫院之間，從此處於敵對的地位！」

這一番話，我說得再清楚不過。亮聲當然知道其嚴重性，決計不是打一個哈哈就可以敷衍過去的。

他默然不語半晌，才非常無可奈何地道：「既然閣下堅決反對，我回去和杜良商量——」

我用力揮手：「沒有商量的餘地！必須取消原來的行動！」

亮聲口唇動了動，欲語又止，過了一會，才道：「我來的時候，人人都說我多此一舉，看來真是多此一舉了！」

他的意思很明白，他是說，如果他不來告訴我，我根本不知道杜良在勒曼醫院搗甚麼鬼，他們喜歡怎樣進行就怎樣進行，不會受到我的阻擋。

白素在這時候道：「很感謝你來告訴我們，使我們知道會有甚麼事情發生，能夠及時阻止。」

亮聲攤了攤手，神情無可奈何之極，非常之有難言之隱的樣子。白素道：「你堅持來告訴我們，是將我們當朋友，既然是朋友，有任何話，但說無妨。」

亮聲神情為難：「既然衞斯理反對——」

白素立刻道：「我也反對！」

亮聲改了口：「既然你們反對，勒曼醫院方面絕對沒有問題，一定尊重兩位的意見，可是……可是……如果杜良醫生堅持，根據我們之間的協議，我們必須照杜良醫生的意見行事。」

我怒道：「你是說，杜良可以在勒曼醫院為所欲為，勒曼醫院不能干涉？」

亮聲道：「是啊！這正是你為了使杜良醫生可以回到勒曼醫院來而竭力勸我們答應的條件啊！」

我張大了口，一時之間說不出話來。

我確然曾努力撮合勒曼醫院和杜良合作，因為我認為杜良的研究非常有價值，知識轉移工程能促使地球人進步，所以也一直要勒曼醫院儘量滿足杜良的要求。

而現在，結果是勒曼醫院無法否決杜良的行動！

我實在不知道該做些甚麼才好——除了當年的那位商先生之外，我大概可以算是歷史上作法自斃的另一個最佳例子了。

我考慮到，如果杜良真是對我存心不良，他一定不會理會我的反對，勒曼醫院既然無法阻止，當然也就只好任由杜良行事，勒曼醫院可以做的是不讓我知道，使我就算想反對也無從反對起，而等到杜良的陰謀實現的時候，就甚麼都遲了！

本來在知道了自己有一個複製人在勒曼醫院的時候，心中就非常不自在，就覺得非常有必要處理這件事情。

然而對於如何處理，卻有很矛盾的心理。

我並不想有一個複製人，卻也不能否認有一個複製人，對我的生命來說有很大的好處。

我不會主動要求有一個複製人，可是現在的事實是，已經有一個我的複製人存在，要如何處理他才最合適？

當然要消滅這個複製人是很容易的事情，然而又回到了老問題上來：消滅複製人，算不算殺人？

我不願意有複製人，要勒曼醫院方面將他處理掉，那算不算是我謀殺了他？

事情非常複雜，不是「難以處理」，而是「根本無法處理」。

在這樣情形下，我只知道，事情本來就無法處理，如果讓杜良醫生對我的複製人進行知識轉移，不管他轉移的是甚麼種類的知識，都只會使事情更加複雜，更加無法處理。

我不知道對整件事情應該如何做，可是卻知道應該如何走出第一步——第一步就是必須阻止杜良將我的複製人作為知識轉移的對象。

我向亮聲道：「勒曼醫院和杜良有協議，我和杜良沒有協議。我可以阻止他的行動。」

亮聲聽了，現出非常古怪的神情，像是我所說的話完全不能成立。我知道他為

甚麼會這樣，就補充道：「既然是我的複製人，我就應該有決定如何處理他的權力！」

亮聲緩緩地搖了搖頭，表示不同意。

我兩步跨到了他的身前，盯着他看，亮聲還是搖頭，道：「你們……地球人在複製人這個問題上，糾纏不清……不能接受複製人和人之間其實毫無關係的觀念，不能接受複製人的生命形式和人的生命形式無關，像你那樣，已經算是最能改變固有觀念的地球人了，可是還是以為你的複製人和你本身有關聯……」

他嘆了一口氣：「真是令人不解！」

最使我難以忍受的還不是他所說的話，而是他說話的時候那種神情。那種一副「夏蟲不可以語冰」的樣子，像是他高高在上，所有地球人都在他腳底下一樣。

雖然我一向認為外星人確然在各方面都比地球人高級，然而即使是高級對低級，也不必擺出這種令人反感的姿態來。

尤其這時候我思緒紊亂，完全抓不住中心——感到了極度的不舒服，可是又無法說出為甚麼不舒服的具體原因，這種情形，使不舒服的程度更加增加，也使人非

常焦躁不安。

在這樣的情緒下，對亮聲剛才的那些話，也就格外反感，我冷笑一聲：「我的複製人，當然和我有關係！」

亮聲也居然冷笑，道：「有甚麼關係，請你告訴我。」

我心中雖然有一團氣，像是要爆炸一樣，可是對於亮聲的話，我卻只能張大了口，無法作出任何回應。

我和我的複製人之間，有甚麼關係呢？

關係一定有，可是卻無法說出是甚麼關係——因為這種關係，在人類生活中，還沒有普遍形成，甚至於可以說還沒有正式出現。所以在人類語言中，當然也沒有可以表達這種關係的詞彙。

亮聲像是早就知道我無法回答一樣，道：「如果我不告訴你，你根本不知道有複製人的存在，在複製人的身上，不論發生了甚麼事情，你都感覺不到，衞先生，你和你的複製人之間，完全沒有關係，複製人只不過是複製出來，在需要的時候，為人類生命作出貢獻價值的一種存在而已。」

他沒有說出來的話是：複製人根本不是生命，不應該被當作是生命看待。

對於這個問題，多少年來，我並沒有肯定的答案，這時候還是沒有，所以對於亮聲的話，我不同意，可是也不是同意，結果是還是無話可說。

白素在這時候道：「既然如此，那麼閣下為甚麼還要特地前來，告訴衞斯理，衞斯理的複製人會被當作實驗品？」

我應聲道：「是啊，既然和我沒有關係，而且在你們的觀念中，複製人不能算是生命，你來，為了甚麼？」

亮聲攤了攤手：「這個複製人，會接受知識轉移，知識轉移成功之後，就發生了變化……」

他遲疑了一下，又重複道：「……發生了變化……變成……變成……」

他說到這裏，苦笑，難以為繼。

我知道他遇到了和我同樣的困難——一種從來也沒有發生過的情形，就沒有一種語言可以恰當的描述形容它！

從來也沒有複製人接受知識轉移這種事情發生過，所以複製人在接受了知識轉

移之後，會變成甚麼，也就沒有語言可以表達。

可以肯定的是：複製人接受知識轉移之後，和以前完全不同。

以前勒曼醫院（外星人）方面，像亮聲剛才所說，不以為複製人是一種生命，或者說，認為複製人的生命形式和人不同，只類同於實驗室之中的白老鼠，甚至於還不如白老鼠，因為白老鼠的腦部，不是空的，而複製人的腦部，卻空無一物。

他們的這種觀念，地球人很難接受，可是卻也不能不承認他們有他們的道理。

然而當複製人接受了知識轉移之後，他們對待複製人的觀念，就完全不能成立了！

有知識的複製人，腦部不再空，就是完完全全的人，當然生命形式和人一樣了！

亮聲感到很難說明複製人在接受知識轉移之後變成甚麼，其實非常簡單，他之所以感到困難，只是因為在觀念上無法作出急速地轉變，無法適應而已。

想不到這個外星人，也會和地球人一樣，對於新生的事物，在觀念上產生困惑！

我不禁哈哈大笑：「接受了知識的複製人，就是實實在在的人，我的複製人，經過了知識轉移，就變成了我！我和我之間，怎麼能夠說沒有關係？」

這次輪到亮聲張大了口，說不出話來了。

他不斷揮手，過了一會，才苦笑着反問：「你和你之間，是甚麼關係啊？」

常有人批評有些小說故事中的人所說的話，不是人說的話，意思就是通常人絕對不會說這樣的話。

這時候我和亮聲的對話，可以說是「不是人話」的典型了！

甚麼叫作「我和我之間」、「你和你之間」，簡直是瘋子的夢話！

而在接下來的對話之中，還有許多這種「不是人話」的話，我在記述這個故事的時候，很想把這些話轉為人話，可是卻無法做到，所以只好保留當時的原貌。

確然，我和我之間，究竟有甚麼關係，我也說不上來。

白素緩緩地道：「他和他之間，沒有關係。」

白素忽然這樣說，不但我為之愕然，連亮聲也大惑不解。白素繼續道：「他和他沒有『之間』，他就是他，若說要有關係，就是百分之百完完全全的關係——等

於沒有關係：他和他，不存在有沒有關係的問題！」

白素的話更玄，亮聲一時之間也不能消化。

白素向亮聲指了一指：「其實你和你們也非常明白這一點，這也就是你為甚麼要來告訴他的原因。」

給白素這樣一說，就容易明白了。

白素的意思是：我的複製人在接收了知識之後，就變成另一個我，和我一樣是人，就是我！

我當然有權處理我自己的事情，不能讓我由杜良和勒曼醫院來處理。

亮聲應該也感覺到有這種情形的存在，所以他才會來告訴我。而我知道了之後，心中所產生的那種極度的不舒服，當然也是由於感到我會不能自主，要任人擺佈而發生的。

一時之間，看亮聲的神情，他顯然接受了白素的話，不斷地做着一些我們難以明白的、可能根本是沒有意義的手勢，無話可說。

我吸了一口氣，道：「現在事情很明白了——杜良和勒曼醫院有協議，和我沒

有協議。用我的複製人接受知識轉移，結果是出現兩個我，我當然有權利表示同意或者反對。」

亮聲也有「問題終於弄清楚了」的感覺，而且他完全同意了白素的分析，他道：「對！對！就是因為如此，所以我才來的。」

他說到這裏，略頓了一頓，很嚴肅的問我道：「你是同意，還是反對？」

這確然是一個需要非常嚴肅對待的問題，可是卻並非難以作出決定。

因為我完全無法想像，有了兩個我之後會是一種甚麼樣的情形。

那一個我就算和我在思想上也一模一樣，也難以想像我和我如何相處，更不必說白素和紅綾如何和兩個我相處了！何況兩個我絕對不可能在思想行為上一樣！

我思想的形成過程，就是我的整個生命過程。複製人無法重複經歷我的生命過程，就無法形成同樣的思想。

唯一的可能，是進行思想複製，杜良已經有過局部成功的例子，然而思想複製，比人體複製更加複雜，更加難以為人類觀念所接受，而且思想複製會形成禍害的可能，能夠想像。

我當然無法接受「出現一個思想行為完全不同的我」這樣的事實，所以我必須反對。

我有了決定：「我反對。」

亮聲並沒有特別的反應，我的反對，顯然在他的意料之中，他的神情有些為難，我立刻道：「勒曼醫院無法阻止杜良的行動，我可以去阻止。」

亮聲在剎那之間，有大大地鬆了一口氣的神情，而且看得出來，他企圖掩飾這種神情，這使我感到，亮聲到我這裏來的真正目的，是要我去阻止杜良的行動。

或許是勒曼醫院方面感到，將來如果出現了另一個衞斯理，我一定不肯善罷干休，所以他們也不願意任由這樣的情形出現。所以亮聲聽到了我要去勒曼醫院阻止杜良的行動，就會有這樣的神情。

如果我所料不錯，那亮聲不一上來就說明白，很是可惡。

我冷冷地揭穿他：「你正是希望由我來出面，阻止杜良利用我的複製人，是不是？」

亮聲苦笑：「只有這樣——除非你不反對會出現另一個你。」

我哼了一聲：「杜良本來準備向我的複製人，轉移甚麼知識？」

亮聲搖頭：「不知道，根據協議，勒曼醫院不能過問杜良的研究工作，除非他願意告訴我們。」

我心中還是想到了那個問題：在這樣情形下勒曼醫院有甚麼好處呢？然而這個問題我已經問過了，而且還碰了釘子，當然不會再問，只有慢慢設法找出真正的答案來。

亮聲看來比我還要着急，竟然催促：「要去，事不宜遲。」

我覺得要和白素商量一下，正準備將亮聲支開去，白素卻更乾脆：「我一起去！」

我立刻道：「好極！」

亮聲也點了點頭，我和白素分頭去準備，在臨走的時候，我向老蔡吩咐幾句，老蔡在我耳邊大聲道：「這人我怎麼看，都覺得他不是好人，你要多多小心，防着他。」

我怔了一怔，想起才回來的時候，看到老蔡對待亮聲的情形，簡直像是防賊一

樣，可知他早就覺得亮聲不是好人。

可是奇怪的是，老蔡應該不是第一次見到亮聲，為甚麼以前沒有這樣的感覺，這次才有？

難道是這次亮聲確然不懷好意，給老蔡感覺出來了？

我不認為老蔡有這樣的超能力，可是常言道：「鬼老靈、人老精」，老蔡的感覺，可能有一定的道理。

而且不論怎樣，老蔡是出於對我的關心，所以我聽了之後，拍了拍他的手背，道：「我知道了。」

老蔡更進一步叮嚀：「明槍易躲，暗箭難防！」

他說着，送我們出門口，等車子轉彎之後，才看不到他。

我一直在想老蔡的話，也當真提防亮聲，所以和白素之間，交談也變得很不自在——有些話不想讓亮聲知道的，就無法痛快地說，我曾經考慮用偏僻的方言告訴白素，可是想到亮聲這個外星人，對於地球上的語言，瞭解程度一定在我之上，所以就沒有那樣做。

而正如我所希望的，白素很快就覺察到了我有「難言之隱」，她向我眨了眨眼，表示知道了我的困難——兩人之間的瞭解，到達了這種程度，真是賞心樂事！

去到勒曼醫院的過程，不必細表，一路上，我已經設想了種種見到杜良之後，杜良會怎麼樣，我又應該怎麼樣，根據我以往處理各種疑難問題的經驗，我相信兵來將擋、水來土掩，不論杜良出甚麼花樣，我都可以有辦法應付，可以達到阻止杜良利用我的複製人的目的，何況還有白素在，相信不會有甚麼困難。

只是有一個問題，相當棘手，我提出來和亮聲討論。

我提出來的是：我不想有我的複製人的存在，有甚麼方法可以解決這個問題？

亮聲的回答簡單之極：「可以令他死亡——保證毫無痛苦。」

我搖頭：「你不是他，怎能肯定他毫無痛苦？」

亮聲攤了攤手，說出來的話，簡直沒有心肝，他道：「就算有痛苦，又怎麼樣？他是製造出來的複製品，自然也可以被消滅！」

如果亮聲向我詳細解釋使用無痛苦死亡法，雖然我也不一定可以接受，至少不會反感，然而他這樣說，不但令人反感，而且使人憤怒。

我看到白素也皺了皺眉，我感到亮聲這次來，有好些地方，和我話不投機。這很奇怪，因為如果情形本來就是這樣的話，我根本不可能和他成為朋友。正因為亮聲和我在許多問題上，都有相同的認識和見解，我們才能成為朋友的。

當時我以沉默來表示我的不滿，亮聲也沒有再說甚麼，好像我已經接受了他的觀點一樣。

既然有話不投機的感覺，說話自然少了，堪稱「一路無話」，到了勒曼醫院之後，情形卻並不冷淡，和以往幾次一樣，受到的歡迎非常熱烈。

我相信亮聲已經用我不知道的方式，將我的決定通知了勒曼醫院，所以在到了勒曼醫院之後，所有和我們見面的人，都有希望我能夠成功的神情。

從這種情形來看勒曼醫院的立場，顯然勒曼醫院雖然支持杜良的研究，可是也不想杜良研究的成果，遭到我的強烈反對。

我認為這是勒曼醫院方面知道有我作為朋友，遠比我作為敵人有利得多的緣故。

所以勒曼醫院在利用我的複製人這一點上，支持我多於支持杜良。他們希望我

能夠說服杜良，放棄使用我的複製人。

帶我和白素去見杜良的，還是亮聲。勒曼醫院對杜良完全實現承諾，杜良的研究室佔了整整的一層，沒有杜良許可，任何人不能進入這一層的範圍之內。

這樣的研究環境，再理想不過。所以當我們見到杜良的時候，杜良看來非常滿足，十分愉快。

想起不久之前，他委委屈屈來到我這裏，只不過是要三個複製人而已，現在整個勒曼醫院的資源都可以供他使用，簡直是一天一地。

這一切全靠了我，他才能獲得。

然而現在他卻還要耍花樣，非要用我的複製人來作為思想轉移的對象。

真是太可惡了！

一想到這一點，我就氣往上衝，我的心情自然表現在身體語言上，相信杜良立刻覺察，他先是伸出手來，想和我握手，看到我神色不善，他的神情有些尷尬，改為向我和白素拱了拱手。

他先開口，說的話，卻已經不客氣之極，道：「無事不登三寶殿，兩位前來，

當然是有目的的了？」

想起不久之前，這傢伙還像是癩皮狗一樣上門來求我，現在卻這樣神氣活現，心中的窩囊，真是難以形容。

現在主客易勢，雖然還不能說是我們求他，可是他對於我是不是能夠達到目的，卻掌握主動。

如果他不理會我的抗議，至少在這時候，我還沒有想出，該如何對付他。

杜良的這種態度，連白素的臉色也變得很生氣，我冷笑一聲，開門見山，一句敷衍的話都沒有，立刻道：「不能使用我的複製人！」

杜良像是早就料到事情是這樣，一點都沒有感到意外的反應，這使我懷疑他早就得到了消息，而向他傳遞這個消息的，除了亮聲之外，我想不出還會是甚麼人。

我立刻向亮聲望去。

這時候，杜良也望向亮聲，像是要對我剛才的話，徵求亮聲的意見。

亮聲並不望向我，我有強烈的感覺，感到他是在迴避我的目光。

只見亮聲向杜良攤了攤手，先指我，再指他，有完全置身事外的神情。

亮聲這時候有這樣的表現，就非常可惡——他分明是在說：不關勒曼醫院的事情，是衛斯理的事情。

也就是說，他表示勒曼醫院方面在這件事情上，採取卑鄙的中立態度！

我一直將勒曼醫院，尤其是亮聲，當作朋友，看來我是大錯特錯了！

如果亮聲也當我是朋友，他怎麼會這樣！

朋友有事，當然就應該站在朋友這一邊！

別說站到對方那一邊去了，就算遲遲疑疑表示中立，兩邊都不幫，那就已經不能算是朋友了——這是檢驗是不是朋友的唯一標準，入世不深者切記切記。

我聽到白素發出了一下輕輕的聲音，知道她對亮聲的這種行動，也不滿意之極，同時她也對亮聲居然表示不完全站在我們這一邊而感到詫異。

那時候我也無法解釋何以亮聲會這樣，只是很明顯地感到，亮聲只怕還是會幫杜良多些！

這樣，我和白素在勒曼醫院就顯然力單勢孤，看來事情完全不如我們預先想像的那樣簡單，勒曼醫院很可能為了得到杜良的研究結果而出賣我！

五、受騙

白素顯然也同時想到了這一點，我們不約而同，向對方靠近，表達不管環境如何惡劣，我們都會一起抗爭。

這種感覺極好，使我在又是驚恐、又是憤怒的情緒中迅速地鎮定下來。

我能夠極快的將事情想一想，感到最不可理解的是：亮聲為甚麼將事情告訴我呢？

如果說，勒曼醫院和杜良已經有了進一步的勾結，只要他們不說，在勒曼醫院發生了任何事情，我都無法知道，就算他們將我的複製人再複製，複製出一百、一千個來，我都會被瞞在鼓裏，無法知道。

而亮聲卻特地來向我報告會有我的複製人被選為知識轉移對象。

這是為了甚麼？

是他們怕我事後知道了找麻煩？是他們不以為這是甚麼大不了的事情？還是另外有我想不到的目的？

對於這些問題，我這時候沒有答案，我只是知道，這個問題一定非常重要，是整件事情的關鍵。

那時候我也無法和白素商量，只好見一步行一步。

剎那之間我想到了很多，可是那只不過是見到了亮聲攤了攤手之後，一兩秒鐘的事情。

我首先質問亮聲：「你這是甚麼意思？」

亮聲像是料不到我會先質問他，怔了一怔，才道：「已經對你說過，勒曼醫院和杜良醫生之間有協議……」

我冷笑：「我根本還沒有將事情提出來，杜良怎麼就知道是甚麼事情了？」

亮聲賴得一乾二淨：「他知道我將事情告訴你，現在你們又來了，他當然可以知道是為了甚麼。」

他這樣解釋，我一時之間也無法反駁。

我不打算和他糾纏下去，直接向杜良道：「不能使用我的複製人！」

我估計他聽了之後，一定會問我「為甚麼」，所以我先封住他的口，立即接着

道：「不要問我為甚麼！我重複：你的研究，不能使用我的複製人！」

杜良的反應，出乎意料之外的平靜，他略皺了皺眉，道：「是不是可以請兩位先看一些資料，以明白何以必須用那個複製人的原因。」

他不說「你的複製人」，而只說「那個複製人」，就是企圖割斷我和我的複製人之間的關係，非常其心可誅！

不過這時候我也不想和他討論這種細節問題，我厲聲道：「不必！這事情沒有討論的餘地，必須照我的話去做！」

杜良的反應更令人生氣，他竟然長長地嘆了一口氣，望了我半晌，並不說話，那神情就像我是一個無可藥救的白癡一樣！

然後他搖了搖頭，道：「衞斯理啊衞斯理！我沒有打算照你的話去做，一點打算都沒有！」

他說着，攤了攤手，那一副憊賴的樣子，就算把他撕成八塊，也不為過。

我立刻行動，身子略晃，已經準備向他衝過去，來一個攻其無備，先將他拿住了再說。

我承認就算將他拿住之後，如何對付他，我完全沒有想過，可是我至少想過，如果不是突然出手，就可能根本沒有機會拿住他。

將他抓在手裏，總是佔了上風，就算不能將他頸子扭斷，也可以叫他吃些苦頭，或者甚至於用陰力將他打成腦震盪甚麼的，就可以達到使他研究中斷的目的。

可是接下來發生的事情，卻完全出乎意料之外，就在我蓄勢待發的那一瞬間，我腰際突然麻了一麻，剎那之間，就全身發軟，甚麼力道都使不出來了！

這簡直是沒有可能的事情！

我當然知道是發生了甚麼事情，只不過是絕對料不到在這個時候會有這樣的事情發生。

發生的事情是：在我準備發動的一瞬間，有人以高超的中國武術手段，制住了我腰間主要的穴道，使我全身無力。

而在我身邊的，只有白素。

白素向我出手——怎麼會有這種可能？

可是當我立刻回過頭去，卻看到出手的確然就是白素！

我還沒有問白素為甚麼要制止我的行動，白素已經說了話——她所說的話，更是令我感到意外。

白素竟然道：「既然閣下不準備照我們意思做，我們算是白來了，就此告辭。」

她最後四個字，是轉向亮聲說的——亮聲是主人，要告辭，當然是向主人說。

這時候我已經迅速將自己的情緒恢復正常，根據以往無數次經歷，使我知道在這樣情形下，白素的決定，一定比我的更加正確，所以我將全身放鬆，白素也鬆開了手。

也就在剎那間，我看到白素的話，不但使我感到意外，也使亮聲和杜良感到意外。

雖然他們感到意外的神情，只是在電光火石之間的事情，一閃就過，可是還是給我捕捉到了。

我感到事情古怪之極——白素說「就此告辭」，對杜良和亮聲來說，應該是求之不得的事情，他們的正常反應，應該是非常高興才對。

而他們的反應卻是感到意外和錯愕，而且還有不知所措的樣子，卻是為何？

一直到後來事情的發展，當然使我明白了為甚麼，可是直到那時候，我還是不明白何以白素早就知道事情會是那樣。

我向白素問了這個問題，白素笑道：「當時我知道你想到了一個問題：亮聲為甚麼要特地來將事情告訴我們？」

我點頭：「是啊，不是他來說，我連有我的複製人在勒曼醫院都不知道！」

白素道：「當時我也同時想到了這個關鍵性的問題——」

我失聲道：「當時你就有了答案？」

當時我想到這個問題的時候，只感到這個問題很重要，可是還一片紊亂，完全沒有頭緒，若是白素一想到，就有了答案，實在不可思議之極。

白素道：「也不是當時就有了答案——只是有非常模糊的概念，而那時候，你又準備動手，我只知道動手一點用處都沒有，所以先制止你再說，至於當時我說就此告辭，只是一種以退為進的手法，並沒有一定的目的，後來事情的發展，也是根據亮聲和杜良的反應來決定的。」

白素解說得非常清楚，可是我還是懷疑白素是不是為了照顧我的自尊心，這才

故意說她當時並沒有對這個關鍵問題已經有了正確的答案。

不過當然我不會笨到再繼續企圖證實我這個懷疑的程度。

卻說當時我雖然不明白白素為甚麼要就此放棄，還是決定照白素的意思行事，而且配合極佳，白素話才一出口，我就已經轉身準備離去。

也就在這時候，亮聲和杜良齊聲叫道：「等一等！」

我和白素望着他們，亮聲倒還罷了，杜良的態度，卻在剎那之間，有了一百八十度的轉變。

他有很急切的神情，道：「聽一聽我研究所得的資料，並不需要很多的時間！」

他肯向我們公開他的研究資料，這是我們求之不得的事情。然而他這時候這樣說，目的也非常清楚——他是想留住我們！

我還是和不知道白素為甚麼要就此離去一樣，不知道杜良何以要留住我們。可是我卻知道一個原則：和敵人反其道而行之，就是正確的行動方向。

他要想使我們留下來，我們就越要離去！

所以我立刻哼了一聲，道：「不就是知識轉移嗎？我們沒有興趣！」

亮聲想說甚麼而沒有說出來，杜良在搓手，顯得他心中非常焦急，他道：「看，看看你的複製人，腦電波的情形——」

他顯然因為焦急，而有些不知道該如何用最有效的話將我留下來才好。

而且在提到複製人的時候，他也改了口。他不再說「那個複製人」而說「你的複製人」了。

他的這句話，確然也引起我極度的好奇，想留下來看看自己的複製人，究竟有甚麼特別，以致被選中作為知識轉移的對象。

需要說明的是：直到那時候為止，我完全沒有看一看自己的複製人的意願——並不是沒有想到過，而是一想到，腦海中立刻浮起多年前看見複製人時候的印象，那種景象非常可怕，腦子是空的，卻又是人，難以形容的令人噁心！我實在無法預料看到自己的複製人之後會有甚麼樣的反應，所以一想到，就立刻否決。

而這時候，杜良只是要求我看看我複製人的腦電波，那當然和直接看到人不同，應該可以接受。

而且我也想到，其實我不能就此離開勒曼醫院。因為就算勒曼醫院和杜良怕我

和白素以後找他們的麻煩，不敢再使用我的複製人，我的複製人還是存在，誰知道以後會發生甚麼事情，必須想辦法解決。

儘管許多豪富和權勢的擁有者，千方百計，還要付出巨大的花費，才能在勒曼醫院擁有一個複製人，作為「後備」。可是我卻對自己有複製人這件事，十分反感，而且反感的心情，相當複雜，很難説出具體的原因，只是感到很膩味的一種不舒服。

我很知道擁有一個複製人的好處，可是還是會想把自己的複製人消滅掉，非常矛盾。

而且事實上我對於複製人類這新生科技，在觀念上絕對贊成，一來是由於我一向容易接受新事物，二來根據現在科學發展的趨勢，複製人類有太多的好處，必然不可避免。可是我還是對自己有了複製人，感到難以忍受——這又是無法解釋的大矛盾。

那時候我並不想解決這些矛盾，我只是對於立刻離去這一點有猶豫。

可是由於立刻離去，並不是我的主意，所以我不能決定，我只是用冷笑來回

答。

白素也沒有立刻決定，這使杜良感到有機會，他急忙道：「我絕對不是故意的，而是……這個複製人……確然可以解決我長期以來無法解決的問題。」

我更感到好奇，不知道自己的複製人究竟有甚麼特別，竟然可以替杜良解決問題。

或許是我的好奇浮現到了臉上，也或許由於白素沒有再堅持，所以杜良和亮聲立刻抓住了這個機會，齊聲道：「兩位請坐，慢慢說。」

他們的這種態度，使我立刻明白：他們需要我和白素留下來！

其中需要我留下來為主，因為有用的複製人，和我有關，卻不關白素的事。

剎那之間，我迅速轉念，作了許多他們為甚麼要我留下來的設想，甚至於想到了一個衞斯理複製人他們不夠用，所以要在我身上取得更多材料，製造更多衞斯理複製人，以供利用

可是這許多設想，都有不能成立之處，當時我思緒非常紊亂，自然而然，向白素望去，想得到她的意見。

當我看到白素的時候，不禁怔了一怔，白素的視線和我接觸，可是她的神情非常冷漠，簡直像是戴了一個木然的面具一般。她為甚麼會這樣？

我想到這個問題的時候，第一時間自己給自己的答案是：白素不想有任何表示，並不是針對我，而是針對杜良和亮聲，她不想他們從她的表情中看出她的心意是「去」還是「留」。

然而為甚麼白素要這樣防範他們兩人？

當然是將杜良和亮聲放在敵對的地位上，才需要這樣。

一想到這裏，我陡然靈光一閃，想到了一個非常重要的關鍵問題的答案。

這關鍵問題是：亮聲為甚麼要將這件事來告訴我？

答案是：亮聲知道我聽了這件事之後的反應，最終會使我來到勒曼醫院阻止杜良行動。而他真正的目的，就是要我在勒曼醫院出現！

白素比我早想到這個答案，所以她才在出乎意料之外的情形下，突然要離去。

而這時候她並有對我做任何提示，當然是向杜良和亮聲表示她要離去的決定並沒有改變——這樣會令亮聲和杜良焦急，會使我們處於上風，至少可以使他們暴露

這些陰謀行為的真正目的。

在這樣情形下，我當然要和白素配合，所以我儘量掩飾自己複雜的心情，而同樣使自己的神情，看來冷漠。

這時候我心情確然複雜無比，我感到其間一定有一個非常可怕的陰謀在。以我和亮聲交往多年所建立的友情來說，亮聲竟然會置之不顧，而將我騙到勒曼醫院來，由此可知這陰謀對我一定不利到了極點！

現在我對他們究竟要如何對我不利，還一無所知，然而從白素的神態上，從我現在的感覺上，都可以知道我們的處境，非常不妙！

現在的情形是：我們表示要離去，他們不知道我們已經洞察了陰謀，所以採用言語來挽留，還不至於暴露真面目。而如果我們一定要離去，他們會採用甚麼樣的手段來阻止？我和白素能不能衝破他們的阻止離開勒曼醫院？

想到了這最重要的一點，我不禁苦笑！

因為我和白素聯手，雖然是一股很強的力量，可是要在勒曼醫院全力阻止之下離開，我卻也想不到有任何可能性——我對勒曼醫院的保衛系統一無所知，也不知

道那些外星人有甚麼樣的武器可以對付我們，所以若要硬闖出去的成功率，幾乎等於零。

我們變成了來得去不得了！

而我們現在所能做到，對我們最有利的，是不要和他們撕破臉！不撕破臉，還可以虛與委蛇，找機會脫身。而且他們既然將我騙了來，必有目的，而這目的遲早會暴露，到那時候，才隨機應變不遲。

所以現在我和白素必須「做戲」，主要的是絕不能讓對方知道我們已經洞悉陰謀。

儘管我這時候最想做的事情，是衝過去將亮聲和杜良的頭扭下來，我還是克制得很好，裝出對杜良的話，略有興趣的樣子，而不是很有興趣，以免他起疑。

後來白素對我當時表現的評價是：雖然後知後覺，幾乎壞了大事，可是總算及時醒覺，總算叫人擔心之後，能夠鬆一口氣。

這樣的評價，我覺得公正之極，欣然接受。

卻說我當時的「表演」，非常逼真，作勢想坐下來，卻又望向白素，徵求她的

意見。白素冷冷地道：「你要聽，就聽好了。」

白素這樣的反應，顯而易見她已經完全明白我業已洞察對方的陰謀，正在做戲，所以她配合極佳，好像我忍不住好奇心，而她卻沒有興趣，看來天衣無縫。

我向杜良道：「你不是一向對我毫無好感嗎？就算我的複製人有用，也應該放棄！」

杜良哼了一聲，道：「科學研究，應該將個人的好惡放開。」

杜良的說話之中，一再強調「科學研究」，彷彿在這個前提之下，任何行為都可以進行。

這是典型的瘋狂科學家的觀念，非常可怕。

而且我被騙來到勒曼醫院，會在我身上發生甚麼以科學研究為名的事情，完全不可測，就更加可怕！

我感到背脊發麻——這是由於極度的恐懼所產生的身體反應，而極度的恐懼是來自我感到自己，實在難以和勒曼醫院對抗——這時候我和白素還受到很客氣的待遇，看來是他們想我能夠自願和他們的目的配合。

一到了他們知道我不會自願，他們就必然會強迫執行，到時候我們有甚麼反抗能力？

他們只要隨便放出一些可能我們聽都沒有聽說過的氣體來，就可以令我們昏迷不醒，任由他們宰割，而他們一點都不會有犯罪感：因為他們所作的，都是為了「科學研究」！

我知道我們必須非常小心應付，要步步為營，而且我也不能太明顯的徵求白素的意見，以免被他們覺察。

當時我道：「好啊，看看究竟價值在哪裏。」

杜良來到一台儀器之前，一面操作，一面道：「為了使大家都容易明白，我撇開一些事情不說——」

他說得很委婉，意思就是「那些事情說了你們也不明白的」！

隨着他的操作，儀器上亮起了九幅熒光屏，他指着中間的那幅：「這幅熒光屏上顯示的是……你的複製人的腦電波圖，其餘八幅，是別的複製人，每三秒鐘變換一組，希望你能夠比較其不同之處。」

說着，九幅熒光屏上，都有閃動的波紋顯示。顯示出來的波形相當複雜，有時候是典型的波浪形，有時候是許多轉動的圓圈，有時候是雜亂的一團。而在九幅熒光屏上顯示的波形，形狀都很類同，並沒有太大的差異。

我知道這時候就算叫世界上最好的腦科醫生來看，也不會看得懂這些波形所代表的意思。

由於杜良對人類腦部所做的研究，早就遠遠超越了世界上一切同樣的研究，所以在這裏顯示的腦電波圖，和現代醫學所能做到的腦電波圖，進步和複雜了不知道多少倍！

我當然也不明所以。

我只是看到，在九幅熒光屏中，波的形狀雖然類同，中間的那幅（屬於我的複製人），波的大小，和顯示波的線條，顯然大和粗許多，而且在波形的轉換速度上，要快得多。

我看了一會，就搖頭道：「對我來說，這些波形毫意義，請你解說。」

杜良道：「解說……太複雜了，你看出不同之處了？」

他說着，指着中間的那幅道：「有這樣波形的空白腦部，可以接受任何形式的知識轉移，而其他的就不能夠，其他的只能夠接受一種情形的知識轉移。」

我心中苦笑——他的那一番話，我還是聽不明白。

我向白素望了一眼，只見她好像對事情完全沒有興趣，只是在來回踱步。

我只好自己應付，就順口問道：「甚麼叫做『任何方式的知識轉移』，甚麼又是『一種情形的知識轉移』？」

杜良想了一想：「先說『一種情形』，那就是我曾經作過的方式，這種方式，過程……過程並不……愉快。」

我吸了一口氣，明白他所說的。他曾經作過一次知識轉移，所使用的方式確然絕對不會令人感到愉快，因為其中有一個過程，是將人的頭部切割下來。

到現在為止，我還並不知道將頭切下來的時候，人是已經死亡，還是並沒有死亡。

我想到過這個問題，這個問題當然只有杜良可以回答，雖然這個問題令人噁心之極，可是也有必要弄清楚，我一直沒有機會向杜良問這個問題，現在應該是最好

的機會了。

我略想了一想，先點頭表示同意他的說法，使他減低警覺性，然後道：「其實，姚教授病重，他的生命已經無可挽回，也不能算是不愉快。」

我將話說得十分有技巧，我並不問他切割姚教授人頭的時候，姚教授是死是活。如果這樣問的話，杜良一定不會據實回答！

因為在人還沒有死亡的時候，就將人頭切下來，是駭人聽聞的犯罪行為，雖然在典型的瘋狂科學家心目之中，為了科學研究甚麼事情都可以做，杜良也不會承認。

而像我剛才的說法，聽起來就像是我早已知道了事情的真相，而且在「不愉快」這一方面，替他開脫，他就容易在回應的時候墮入圈套。

杜良毫無疑問是超級科學家，可是在這種狡獪的行為上，他卻並不在行。

在聽了我的話之後，他很有將我引為知己的表情，攤了攤手，道：「你能夠明白這一點，全人類未必明白！」

我套得他說出了這樣的一句話來，剎那之間，一股寒意，自頂至踵，要竭力忍

住，才能使身體不發抖。

這時候我聽得白素也不由自主發出了一下很輕微的呻吟聲——杜良的這句話，等於已經承認了當他上次進行知識轉移工程的時候，在切割姚教授人頭的時候，姚教授並不是處死亡狀態！

所以我能夠明白行為並非不愉快，他很感激，而他也知道他的行為不能為全人類所接受。

我和白素在明白了這樣的事實之後，反應非常吃驚，屬於正常，而在一旁的亮聲，卻若無其事，想來他一定早已知道事情是那樣，而且他對於「人還沒有死就將人頭切下來」這樣的行為，也必然有和地球人不同的觀念，所以並不以為那是嚴重的事情。

我和白素已經竭力掩飾我們的反應，可是震撼實在太大，不能百分之百成功，所以杜良立刻警覺，用質問的眼光望着我，我不容他再抵賴，立刻道：「不能等到死亡之後才進行嗎？或者才一死亡就進行，也不可以嗎？」

杜良很有上了當的感覺，他悻然道：「不可以——不要問我為甚麼，說了你也

不懂！」

這時候他已經直接承認了在切割姚教授人頭的時候，姚教授並非處於死亡狀態。也就是說，姚教授死亡的原因是因為人頭被割，在法律上，那毫無疑問是謀殺！

杜良卻輕描淡寫用「不愉快」，來形容他的這種謀殺行為，現在又不肯回答我的問題，我當然不肯就此罷休。

正在我思索用甚麼的方法逼他說話的時候，亮聲忽然道：「杜良醫生，事情總需要讓衞斯理有一個基本的瞭解，所以必須向他說明——用最簡單的方法，他會明白的。」

亮聲這樣說，我心中疑惑之極，為甚麼「事情總需要讓衞斯理有一個基本的瞭解」？他們不是只需要利用我的複製人嗎？又何必需要我的瞭解？

在疑惑之中，「有一個大陰謀在進行」的感覺，更加濃烈。

然而這陰謀的內容是甚麼，我卻一點也說不上來，只是在杜良立刻點頭同意的反應上，知道這陰謀是杜良和勒曼醫院合謀進行的！

那不但可惡之極，而且使我感到，我和白素的處境大大不妙——勒曼醫院為了實現陰謀，就不會讓我們離去！

而他們行事的方式，如此鬼頭鬼腦，由此可知，這陰謀一定對我和白素非常不利，會對我們造成巨大的傷害！

六、認錯

我這時候立刻首先想到的是：有可能他們會將我和白素的人頭活活切割下來！

杜良在回應了亮聲的話之後，想了一想，才道：「人死了，腦也死了，或者更正確的說：腦死，人才死。而我的研究極限，是無法在腦死亡的狀態中，找出存在於腦部的知識——腦死亡，知識就不知所終了。」

他的話，聽得我莫名其妙至於極點。

我道：「將人頭割下來，腦就不死了嗎？」

杜良哼了一聲，像是表示這樣簡單的問題，難道還用問嗎！

我剛想喝他別裝模作樣，他已經道：「將頭部和身體分離之後，要維持腦處於活的狀態，並不是很困難——身體對於腦部的作用，只不過是供給含氧的血液，只要繼續不斷供應，腦部就可以一直於存活狀態。」

他給了我非常明確的答覆，我絕對可以接受——在很多年前，我就聽說過「人頭戀」的故事，以杜良的本領來說，要維持一顆人頭的存活，應該不是難事，我剛

才的問題，確然幼稚。

杜良進一步說明他上次進行知識轉移工程的情形：「所以雖然我分離姚教授頭部和身體的時候，姚教授生命並沒有結束，然而我的行動，絕對不存在是不是『對姚教授進行殺害』的問題——姚教授的身體已經完全敗壞，在四十八小時之內，就無法供應腦部所需要的含氧血液，而形成死亡，我的手術，使姚教授的生命，延長了四十九天！」

我閉上眼睛片刻，想像在那四十九天之內，姚教授以單獨一顆人頭的方式存活的怪異情景，聯帶產生了奇想，自然而然問道：「這種方式的存活，可以維持多久？」

杜良道：「理論上來說，可以一直維持下去——比依靠原來的身體維持可靠得多。」

我也承認杜良的說法——用機械裝置供應腦部存活所需要的含氧血液，確然比身體可靠，然而頭部單獨存活，能夠算是生命嗎？

我不由自主搖了搖頭，想把許多紊亂的、紛至沓來的念頭甩開，因為這時候需

要集中力量，向杜良尋求主要的問題的答案。

在我還沒有想到下一個問題的時候，杜良先開口，他用力的揮着手，神情有些激動，道：「而這一切，都經過姚教授本人的完全同意——百分之百的自願！人類腦部結構非常奇妙，如果不是經過本人百分之百自願，腦細胞就會產生抗拒的活動，使知識轉移變成不可能。」

我點了點頭，完全接受杜良的話，因為在不久之前，我聽說過類似的情形，有關意願和腦部活動的關係。

如果意願是不願意那樣做，雖然在強迫之下，身體的行動這樣做了，可是腦部活動卻處於抗拒的狀態。沒有任何力量可以改變腦部的抗拒狀態！

所以在一些必須在沒有抗拒狀態的情形下進行的活動，就一定要取得完全的自願。

只有在真正的、完全的自願狀態之中，這些活動——例如知識轉移，才能進行。

所以杜良這樣說了，我完全相信杜良的一切行動，姚教授都完全同意。

我喃喃地道：「姚教授現在——現在——還活着？」

杜良搖了搖頭，神情非常難過：「不，在知識轉移完成之後，根據他的意願，不再供應含氧血液——」

顯然他對於姚教授在研究工作上的配合，非常感激——並不是很多人都願意在自己還活着的時候，讓人家把自己的頭切下來的！

杜良苦笑：「可是我的工作卻失敗了！我沒有估計到白癡腦部的缺陷，使知識不能長期保留，姚教授生平苦學得來的知識，還是消失了，再也找不回來了！」

我完全可以感覺到他對於失敗的痛心，這令我在那片刻之間，忘記了我們還處於敵對地位，忘記了他可能對我大大不利，而對他十分同情。

這種同情是基於對一個偉大的科學家努力工作的肯定，所以含有極度敬仰的成份。

我在這種情緒操縱之下，自然而然向他走過去，伸手在他肩頭，輕輕拍下去——這是非常非常普通的一種對人表示安慰的身體語言。

任何人一生之中，都曾經用這種身體語言來表達對他人的安慰，也都一定在沮

喪的時候接受過他人這種身體語言的安慰。我之所以特別指出這一點，是由於杜良對我這種行動的反應，實在超出常理之外。

我本來準備拍他的肩頭兩下，或者三下，可是我才拍了一下，他就叫了一聲，伸手一拳就打向我的臉，那是一下非常漂亮而且有力的左鈎拳。

雖然他的出拳，意外之極，可是我當然不會讓他打中，頭一偏，他的拳就在我鼻尖之前不到一公分處揮過，居然還帶了一陣風！

他一拳沒有打中，接下來更是怪異，他一面向後退，一面叫道：「快出手！」

這時候在我們所處的空間中，只有我和白素，他和亮聲四個人在，白素當然不會出手對付我，那麼他必然是在叫亮聲出手，和他一起對付我了！

我早已料到，杜良和亮聲之間，有聯手對付我的陰謀，而這時候我有把握對付杜良（有把握對付任何地球人），可是對於應付亮聲這個外星人，卻完全沒有把握。

我對於亮聲的能力究竟有多大，一無所知，對他有甚麼可以使用的有效武器，也一無所知。這就使他成為最可怕的敵人。

所以杜良一叫，我立刻身子一躬，向後退躍，第一時間，到了白素的身邊，和她並肩而立。在這樣情形下，亮聲如果展開攻擊，我和白素兩個人的力量，總比較好些！

當我來到白素身邊的時候，我們互望了一眼，白素向我點了點頭，表示我的行動正確，可是她也無法預料接下來會發生甚麼樣的變化。

亮聲站着不動，杜良的神情又是憤怒，又是恐懼，非常之「歇斯底里」，指着我，向着亮聲叫道：「快！快！他……他……」

看他的這種神情和行動，分明是誤會了剛才我善意的行動是對他的攻擊，而他感到對我的攻擊無法抵抗，所以緊急要求亮聲向我出手！

在想到了這一點之後，立刻可以想到的事情有許多。

首先是杜良「做賊心虛」——他自己心中對我懷有極度的敵意，以為我會隨時攻擊他，所以才會誤會了我的行動。

其次是杜良和亮聲之間，必然早就協定，如果我向他攻擊，亮聲就出手對付我，所以他才在以為自己處於被攻擊的情形下，大叫亮聲。

這兩點，已經完全可以證實了他們有陰謀是事實，而不只是我們的揣測！想不到對方的陰謀，會在這樣情形下徹底暴露！

我立刻望向亮聲，全神戒備——在不知道敵人的力量究竟有多麼強大之際，當然不能輕舉妄動。

然而亮聲的樣子卻非常古怪，他神情尷尬之極，雙手向杜良亂搖，同時望着我，卻不知道說甚麼才好。

這種模樣，絕對不會是準備向我展開攻擊的樣子，雖然外星人行為可能和地球人完全不一樣，可是也不至於差別如此之大。

看亮聲現在的樣子，倒像是他知道杜良誤會了我的行動，使陰謀暴露，令他處於非常尷尬的地位，所以他才要一面阻止杜良，一面想辦法向我解釋。

雖然身處危境，不知道接下來會發生甚麼事情，可是我看到亮聲這種笨拙的、以為在這樣情形下還能夠掩飾陰謀的行動，還是忍不住哈哈大笑。

我一笑，亮聲更是狼狽，向我道：「別誤會，別誤會，只要……只要……」

他話說得非常遲疑，不等他說完，白素輕輕一笑，道：「只要我們合作，就不

會受到傷害，對不對？」

我無法知道外星人的能力究竟有多強大，不過卻可以肯定，在欺騙隱瞞方面的本領，卻十分低能——白素這樣一說，亮聲竟然連連點頭：「是——」

他說了一個「是」字，才覺得不妥，可是一時之間又不知道該如何補救，所以只好張大了口，神情滑稽之極。

白素微笑：「不必再說甚麼了！亮聲先生，你來到我們家，不到三分鐘，我們就已經洞察了你的陰謀！你的目的，是將我們騙到勒曼醫院來！」

亮聲被戳穿了陰謀，非常之手足無措，口中發出了一些沒有意義的聲音——或許是在情急之下，說出了他原來星體的語言。

白素笑得很歡暢，繼續道：「當時我們就商量，是不是要來看看，究竟勒曼醫院和杜良想搗甚麼鬼，是不是他們以為躲在冰塊底下，就可以為所欲為了——」

白素說到這裏，向我望來，問道：「當時你是怎麼說的？」

我又哈哈大笑——這次笑的並不是亮聲的尷尬狼狽相，而是笑白素裝模作樣的本領！

甚麼「不到三分鐘就洞察陰謀」云云，全是胡說八道，事實上我們確然是中計被騙來的，而且完全不知道會發生甚麼，也不知道該如何脫身。

可是白素既然「演」開了頭，我當然要配合繼續下去。至少這時候我的笑聲一點都不假，是真正感到好笑。

我一面笑，一面道：「當時我說，我曾經使勒曼醫院搬過一次家，他們要是鬼頭鬼腦，想對我們不利，不妨叫他們再搬一次，看看他們還能搬到哪裏去！」

我說完之後，向亮聲道：「地球很小，恐怕不容易再找到適當的地方了！」

亮聲苦笑——以現在勒曼醫院的規模之大，要搬遷，真是談何容易。就算他們有能力可以搬，也無法再找到比現在同樣隱蔽的所在。

所以我的虛言恫嚇很有些用處，亮聲向杜良投以責備的眼光，這又使我和白素立刻明白，用在我們身上的陰謀詭計，全是杜良想出來的，勒曼醫院只是同意了，配合實行而已。

我們也把目光投向杜良，我很鄙視地道：「有人一向以為外星人不懷好意，我看地球人才是，閣下就是典型。」

杜良臉上的肌肉抖動，樣子非常可怕。白素也冷笑道：「光明正大的科學研究，何以出動陰謀詭計！」

杜良突然雙手緊緊握拳，非常用力地抬頭向後彎身，一張口，發出了可怕之極的嚎叫聲來。

這種情景，突兀之極。

後來白素說當時的情形，杜良像是一頭受了傷的狼在嚎叫，有非常悲涼的感覺。我卻和她相反，感到當時杜良的樣子，像是在電視肥皂劇中經常可以看到的那種失戀的人，很是滑稽。

杜良叫了幾聲，才用嘶啞的聲音道：「光明正大！如何光明正大？你們知道了姚教授的頭和身體分離，首先想到的是甚麼？是謀殺！是犯罪！」

杜良在聲嘶力竭地呼叫，亮聲還唯恐我們不明白，在一旁低聲道：「他在控訴。」

我和白素都知道杜良在幹甚麼，或許也可以稱為「控訴」。

他是在控訴人類的觀念無法瞭解和接受他的行為。

像人頭和身體在人沒有死亡的狀態下分離——儘管這樣使姚教授多活了四十九天，而且完全出於姚教授自願，可是這種行為，確然還是無法公開進行。

（想想美國的科伏金醫生，為多少絕症病人解除了痛苦，結果卻在監獄之中——這是最最典型的人類反動行為。人類莫名其妙的固有觀念，阻礙了人類的進步，所以稱之為反動。）

杜良在繼續：「更還有一些自認為了不起的人，對於人家的行動一無所知，偏偏又要尋根究柢，這種人既無知又無聊，除了破壞之外，甚麼都不會！光是為了對付這種人，能光明正大嗎？光明正大！是不是要將我的工作，二十四小時進行電視直播，才算是光明正大！」

這是在罵我了！

當然我不服氣，可是一時之間卻也難以回應——在姚教授這件事情上，如果在姚大湖女士來找我的時候，我加以拒絕，確然不會發生以後的許多事情。

白素道：「如果你對姚大湖女士說明，她一定會接受——」

杜良厲聲道：「為甚麼我必須向每個人說明？已經向姚董事長和姚教授說明

了，還不夠嗎？」

白素嘆了一口氣：「既然我們只能破壞，為甚麼還要騙我們到這裏來？」

杜良的回答，無賴至於極點，他竟然道：「如果不騙，你們就不會來！」

白素向我作了一個手勢，示意我不要開口，她很心平氣和地道：「有需要我們幫助的地方，只要開誠佈公地說，我們能夠做到，就一定做，不需要欺騙。」

杜良嘿嘿冷笑：「你們受騙前來，就證明開誠佈公向你們說，沒有用處。」

杜良這個不知道算是甚麼邏輯，白素攤了攤手，表示不明白。我對白素的涵養，佩服之極。

杜良繼續冷笑，神情不屑之極：「衛斯理是典型的掛羊頭賣狗肉，是標準的葉公好龍，一貫指責地球人進步緩慢、科學落後，表示願意為地球文明進展貢獻力量，嘿嘿，還沒有要他做真正的犧牲，只不過是要利用他的複製人而已，對他一點損失都沒有，他就暴跳如雷，萬里迢迢趕來阻止了！」

他一口氣說下來，好幾次我想打斷他的話頭，可是不知道該說甚麼才好，一直等他說完，我還是不知道該說甚麼才好。

他對我的指責，我竟然完全無法反駁！

確然我平時一向殷切期望地球人的進步速度能夠加快，也承認杜良研究的知識轉移工程對人類文明進展可以起重大的作用。可是實際上卻是，事情和我有了關係（亮聲和杜良認為一點關係都沒有），我的態度就和一貫主張大不相同，變成了要阻止研究工作的進行，而不是努力支持。

從這種現象來看，杜良對我的指責，當真有理，使我啞口無言。

白素這時候感覺一定和我相同，所以她一時之間，也說不出話來。

杜良連續冷笑：「你這種阻礙科學發展的本質，早就在我意料之中，料到你一定會前來阻止，勒曼醫院裏還有一些人，認為你觀念和普通人不同，不會在乎自己的複製人被用來做科學研究，對你評價很高，哼哼，結果證明了你還不是和普通人一樣！」

我和白素互望了一眼，點了點頭，都知道在這個問題上，我們只好吃癟，因為我的表現確然不對頭——沒有為科學發展而獻身的高尚情操，只關心複製人被利用，是不是會對自身造成不利，非常自私。杜良指責有理。

錯了就是錯了，我勇於認錯，吸了一口氣，道：「對，你說得很對，我確然只顧了事情是不是對自己會有傷害，這是一個普通地球人的正常反應。我正是一個普通的地球人，並沒有認為自己有任何超越普通地球人之處。」

我說得十分誠懇，杜良顯然沒有料到我會說出這樣的話來，神情訝異，一時之間，反應不過來。

白素在這時候道：「給你料中了衛斯理的缺點，你才能達到將衛斯理騙來的目的，當然是要他來了，做些事情。現在他來了，我也來了，究竟要我們做甚麼事情，應該到了可以說出來的時候了。請問：有何指教？」

白素沒有再在觀念的正確和錯誤上和杜良糾纏，直接要杜良說出事情的中心關鍵，是很聰明的作法。

只要杜良不迴避這個問題，我們就可以知道他的真正目的，也可以清楚瞭解自己的處境，知道杜良是不是會要求我將頭切下來供他做研究——老實說，如果他有這樣的要求，我沒有偉大浪漫到這種程度，當然不會答應。

（干將為了鑄成絕世寶劍，跳入鑄劍爐。）

（哥白尼為了堅持自己的發現，而寧可被火焚燒。）

（他們都是偉大而又浪漫的例子。）

（我不是，我儘管對生命的觀念很有些與眾不同之處，可是沒有超脫到這種程度。）

（所以杜良究竟要求我做甚麼，非常重要。）

杜良吸了一口氣，想了一會，才道：「好，現在事情已經挑明了，說話就容易許多，不過我還是要從頭說起，你們才能夠明白，現在雖然多花些時間，卻可以避免誤會。」

一直不出聲的亮聲，這時候來不及幫腔，道：「是啊，有了誤會，事情就更不好說了！」

他用了一個「更」字，說明事情就算完全順利，也「不好說」之至，由此可知，杜良的要求，必然會非常令我為難。白素向我望了一眼，伸手在頸際劃了一下，她意思是：不會是要將你的頭切下來吧？

我剛才不止一次想到過這一點，白素還這樣表示，我只好連連苦笑。

杜良急速地來回走動，還沒有開始說，亮聲打開一個櫃子，推出一架酒車來，替我們倒酒，那酒顏色深濃，酒香撲鼻，我當然無心欣賞，只是大口吞下，等杜良開口。

杜良停了下來，神色嚴重，望着我，過了一會，才道：「首先要解決的問題，是：你的態度，有沒有改變。」

我有點明知故問——因為我知道他所說的，我很難回答，需要爭取時間來考慮，所以才這樣做。我問道：「我的甚麼態度？」

杜良吸了一口氣：「我必須借重你的複製人！」

他的說話十分直接，我沒有立刻回答。我到勒曼醫院來，目的是為了阻止杜良用我的複製人，而且要設法令我的複製人不再存在。

如果為了本來的目的，就很容易回應杜良的話。可是經過剛才的一番爭論，和杜良對我的指責，使我感到因為我的阻止，而成為這樣空前偉大的科學研究的障礙，無論如何說不過去——剛才我也因此認錯。

既然已經認識到了錯誤，當然就沒有理由再反對杜良使用我的複製人了。

可是一想起我有一個複製人，在那裏被人當成了實驗室中的白老鼠，心中那種不舒服的感覺又湧了上來。

而且我前來勒曼醫院的目的，被杜良一番話就打消了，雖然我承認道理在杜良那一邊，可是總覺得事情就此解決，很有些不對頭。

所以我很難立刻乾脆回應杜良的話，還是希望拖延一些時間，我略想了一想，道：「那要看你拿他來作甚麼——如果有類似上次那樣『不愉快』的情形，我需要鄭重考慮。」

杜良將他上次知識轉移工程，形容為「不愉快」，主要是指將姚教授的頭部切下來而言。

這時候我這樣說的意思，自然是在問杜良，在「借重」我的複製人時，會不會也有將複製人頭切下來這類的行動。

我很知道，這樣說其實沒有意義，因為發生在複製人身上的事情，只要他們不說，我完全沒有知道的可能，杜良這時候的承諾，等於空話——除非我完全相信他的人格，然而偏偏在這方面我持保留的態度，我一直覺得杜良行事鬼鬼祟祟，據他

的說法是為了避免受到像我這樣的人的干擾，我卻覺得不會那樣簡單。

杜良聽了我這樣說，乾笑了幾聲，道：「複製人被勒曼醫院製出來，是作為甚麼用途，你不會不清楚吧。」

我苦笑——我當然清楚。複製人是「後備」，勒曼醫院根本沒有將複製人當成生命，在勒曼醫院看來，複製人只是一些可以被利用來作為移植醫療之用的器官而已。

我曾經就這個問題，和亮聲發生過爭論，亮聲舉了一個我至今無法接受的例子來說明他們的觀點。

亮聲在開始的時候說：「輸血，是現代醫學中非常普遍使用的醫療方法。血液放在血庫之中，等候隨時使用，這情形就像複製人隨時等候被使用一樣。」

我記得當時說了一句粗話，大約是「放你的屁」之類，反駁道：「那怎麼可以相提並論！複製人是活生生的生命！」

亮聲肯定是早就知道我的回答會是這樣，他立刻回答：「血庫中的血液，也是活的，也是生命——億萬血球，都是活生生的生命！」

我揮手：「強詞奪理，至於極點！」

亮聲道：「所謂『理』，其實只是觀念而已——從眾生平等的觀念來看，一個紅血球的生命和一個人的生命平等。」

我當時哼了一聲，拂袖而去，覺得這種說法，簡直不可理喻。後來平心靜氣想了一想，感到至少亮聲所說，由於觀念不同，所以形成各人心中的「理」不同。

在觀念不同的人之間，「理」的標準自然也大不相同，沒有甚麼可以爭論的。所以杜良這樣問我，我用哼了一聲，作為回答。

杜良道：「可是我不會將複製人當成後備，我要將複製人作為知識轉移的對象。剛才你看到過你的複製人的腦電波形，儘管你不知道詳細內容，也應該可以接受我的結論：他最適合作為知識轉移的對象，在對他進行知識轉移工程時，不必要有上次那樣將人頭切下來的這種不愉快行為。」

我努力消化他說的話，可是由於實在難以完全明白，所以自然而然搖頭。向白素看去，她的反應和我大同小異。

亮聲提醒杜良：「你要將事情說清楚一些。」

杜良反而焦躁起來：「衞斯理是一個不知道甚麼種類的急性子，誰知道說得快了一些，他會不明白！」

我只想知道事情的真正情形，所以對他這種混蛋話，並不計較，道：「只管慢慢說。」

杜良吸了一口氣：「上次工程，由於接受知識轉移的對象，是一個白癡，其實就算不是白癡，是這裏的複製人，工程進行程序還是需要將輸出知識者的頭部切下來。」

我還是不明白：「為甚麼？上次將姚教授的頭切下來，難道不是為了姚教授已經快要死了嗎？」

我一直以為，因為姚教授時日無多，怕他一死亡，腦部也就死亡，所以才要在他還活着的時候，將他的頭部切下來。

而現在聽杜良這樣說，分明是事情並非如此簡單，其中還大有花樣！

七、大轉變

照杜良的說法，將輸出知識者的頭切下來，是知識轉移工程的必須步驟。這就使事情變得非常怪異。

上次姚教授肯同意杜良這樣做，是由於接受知識轉移者是他的至親，而且他自己的生命也快結束了。

如果沒有這兩個條件，誰肯在自己還好好活着的時候，允許人家將自己的頭切下來？上哪裏去找這樣對科學研究有偉大的理想，肯為科學而犧牲的人？恐怕連杜良也不肯！

而就算只選擇生命快要結束的大學問家，作為知識的輸出者，人家也未必肯將人頭當作器官捐贈，何況還要在人活着的情形下就將頭切下來！

這種情形，使知識轉移工程根本無法進行，有姚教授這個先例，已經是非常難得的事情，接下來，一切都只是紙上談兵而已！

這時候我也完全明白，為甚麼我的複製人這樣有價值，因為根據杜良的判斷，

使用我的複製人進行工程，可以不需要有這樣不愉快的過程。

看來我真不應該反對，因為只有用我的複製人，才能使知識轉移工程實現，不至於淪為空談。

同時我也感到，即使我堅持反對的立場，也不會有用處。因為杜良好不容易找到了這樣的知識轉移的對象，使他的研究可以繼續下去，如何肯輕易放棄！

這時候我所不明白的是：杜良明知道要我同意是非常非常困難的事情，為甚麼他還非要我同意不可？

他完全可以不需要我的同意而使用我的複製人來進行他的工程，我也完全不可能知道。

這其中一定另有關竅在，只是我現在還不知道而已。

杜良緩緩地道：「上次，將姚教授的頭切下來之後，維持頭部存活的血液，來自姚大達。」

姚大達就是姚教授的白癡姪子，是工程中知識轉移的知識接受者，這次工程開始成功，姚大達承受了姚教授的知識，可是由於姚大達腦細胞有先天缺陷，所以不

多久，知識就消失了，使杜良受到了失敗的打擊。

杜良說維持姚教授頭部存活的血液來自姚大達，我也沒有覺得甚麼特別。

杜良向我望了一眼，去操作儀器，不一會，熒光屏上就出現了景象，杜良道：「請看，這就是當時姚教授頭部靠姚大達血液存活的情形。」

我和白素一起定睛看去，只見熒光屏上的景象非常詭異，詳細的情形如下：一個人，被固定在一張特別的椅子上，這個人一看就知道是白癡，當然就是姚大達。他瞪大了眼，顯然不知道發生了甚麼事。

在他的頸際，套着一個圈子，從圈子中有幾根管子通出來，管子透明，可以清楚地看到其中有血液在流通。

而管子通向一個圓柱形的物體，在那物體之上，是一個人頭——姚教授的人頭。

人頭在圓柱形物體上的情形，看起來倒有些像當時姚董事長用來欺騙我的那個紀念像，然而那人頭顯然是活的。

人臉上的表情，非常肅穆，雙眼微閉，像是正在思索十分重要的問題。

而在姚大達的頭頂，和姚教授的頭頂上，都有同樣的如同維吾爾族人所戴的帽子形狀的東西，那東西有許多聯繫的管子，通向後面的許多裝置。

我和白素看了一會，白素就道：「這就是上次知識轉移工程在進行的情形？」

杜良點了點頭：「正是，請注意，必須有接受者的血液，作為輸出者腦部存活所需，知識轉移才能進行。」

我和白素同時吸了一口氣，還沒有問「為甚麼」，杜良已經道：「因為只有這樣，兩者之間的腦部，由於使用同樣的血液，腦部才能有直接的溝通。」

他說到這裏，頓了一頓，繼續道：「這是我多年來苦心研究得出來的結果，有了這樣的結果，知識轉移才成為可能。」

亮聲由衷地讚嘆：「了不起的成就！」

很顯然，勒曼醫院並沒有能夠達到這樣的成就，也由此可知杜良實在了不起。

杜良對於亮聲的稱讚，一副當仁不讓的樣子，道：「至於為甚麼一定要那樣，才能這樣，非常複雜，現在也說不明白，如果兩位有興趣，我可以將所有的研究文件向兩位公開，不過要提醒一下：即使閱讀這些文件，也需要超過十年的時間，而

要瞭解明白文件的內容……」

他搖了搖頭，沒有說下去，他的潛台詞很清楚：只怕你們有生之年是做不到的了。

我和白素對他的這種說法並不反對，我剛想說：不必了，白素已經道：「如果你肯，我要。」

杜良也不感到意外，點了點頭，就答應了。這時候我至少明白了為甚麼一定要將知識輸出者的頭部切下來的原因了，因為如果不這樣，接受者的血液，不足以供應兩個身體的所需，也就無法達到同時供養兩個腦部的目的。

然而為甚麼我的複製人，就可以跳過這個程序，而接受知識轉移呢？

在產生這個問題的同時，我又想到杜良的行為還是很狡猾，他向我們公開他的研究文件，好像是他對我們並無保留。可是事實是，利用我的複製人，就可以免去用同樣血液養活兩個腦部這一個程序。

顯然發現這樣的程序是了不起的成就，可是有了我的複製人之後，這個程序已經過時，變得完全沒有作用了。

杜良用公開完全沒有作用的東西來表示他的誠意，當然是狡猾的行為。我並沒有當場戳穿他，聽他繼續說下去。

杜良道：「以下我說的非常重要，請留心。衞斯理複製人的腦電波圖顯示他的腦部有非常高超——超過普通人許多倍的知識接受能力。複製人腦部和衞斯理腦部一樣，這就是衞斯理何以能夠迅速接受任何新知識的原因，像衞斯理這種情形，並不罕見，一般被稱為聰明人者，都有這樣的情形，而衞斯理是特別聰明，在這裏的複製人，都是人類中出類拔萃的非常人物，可是其聰明程度、能夠接受知識的程度，和衞斯理比較，都遠遠不如。」

他忽然大讚而特讚我的「聰明」程度，雖然所用的語言非常特別，好像也很合乎實情。

我向白素揚了揚眉，白素卻扁了扁嘴。

杜良繼續道：「本來使接受者的血液，進入輸出者腦部，和輸出者腦部結合，使輸出者腦部維持存活的主要作用，是使兩個完全不同的腦部，產生共通點，使知識轉移可以進行。而既然衞斯理複製人能夠容易的接受知識，就可以不必要經過這

個程序，而……只需要經過一個非常簡單的程序，便能夠進行知識轉移了。」

我吸了一口氣，明白事情的重要性。

事情重要在，用我的複製人，就可以避免切割人頭的這個程序——這程序使得知識轉移工程變為幾乎是空談。

我和白素互望了一眼，都不出聲。

杜良和亮聲的目光集中在我們的身上，顯而易見，他們是在說：事情已經說到了這地步，兩位應該不會再反對使用衞斯理的複製人了吧？

他們在等待答案。

確然在大體瞭解了情形之後，為了使知識轉移這個偉大的科學研究可以繼續，我實在沒有反對的理由——我個人心中不舒服的感覺是小事，使對人類文明進展大大有幫助的科學研究可以繼續下去，才是大事。

我們考慮了大約半分鐘，我和白素同時開口，講的竟然是同樣的一句話：「還有一個問題。」

兩個人同時開口說「還有一個問題」，如果問題相同，那就是真正的一個問

題，如果問題不同，那就是兩個問題了。

看來杜良並不在乎問題的多少，他很有禮貌地道：「請衞夫人先說。」

杜良甚至於還有禮貌地以眼色徵求我的同意，他從來不是那樣有禮的人，現在有這樣的表現，我猜想是因為他感到事情快可以解決了，所以心情特別好的緣故。

對於誰先說，我當然沒有意見——如果白素的問題正是我想問的，那麼我也不必再問了。所以我立刻點頭。

白素認真地想了一想，才問道：「只有一個衞斯理複製人，即使成功地用新的程序進行了知識轉移，也不能將這程序普遍化使用，有甚麼意義？」

杜良也很認真的聽白素的問題，而且並不是立刻回答。

在這時候，我和白素交換了一下眼色，我向白素表示她的問題和我要問的不同。

杜良伸手在臉上抹了幾下，好像白素的問題很難回答。反而是亮聲道：「杜良醫生，我認為他們兩位是可以商量、講理的人，所以最好的方法，是將會發生的真實情形告訴他們。」

杜良拿下手來，點了點頭，道：「這問題可以分兩點來回答。第一點，在如此複雜的研究之中，一次成功就具有非常重大的意義，累積一次又一次的成功，可以達到最終目的，所以一次成功，是全部成功的組成部份，不容忽視。」

白素點了點頭，表示滿意他第一點的回答。

杜良取得酒來，大大地喝了一口——他的這種動作，表示他將要說的話，是他下定了決心才能說出來的，那當然就是剛才亮聲所指，認為他應該告訴我們的「將會發生的真實情形」了。

我定了定神，留心聽他說。

杜良吁了一口氣，道：「第二點，我的計劃是，複製若干衞斯理的複製人——」

一聽得他這樣說，我先吃了一驚——有一個複製人已經難以忍受，而他還要複製若干，這「若干」究竟是多少？要是忽然之間在眼前出現了一整隊「衞斯理」，那怎麼受得了？

杜良應該知道他透露了這樣的計劃，會引起我極大的反感，他還是說了，由此可知那必然是實情。

我立刻就要發作，可是白素的反應像是早已知道杜良會有這樣的計劃一樣，她顯得非常平靜，只是說了一句話：「身外化身，本來就可以有許多個！」

她一面說，一面用手勢向我示意且讓杜良將話說完，不過我還是已經迸出了一句話來：「你計劃中準備複製多少個？」

杜良回答得也很平靜：「視需要而定。」

我雙手握拳，不住搖頭，心想事情又有了變數，剛才我已經準備不再反對，現在是不是也應該改變主意？

杜良繼續道：「在再複製若干複製人的時候——這一部份由勒曼醫院負責，會在複製的過程中，將腦部結構逐漸調整，調整的方向是向普通人腦部結構靠攏，一直到和普通人腦部結構一樣為止。」

他說到這裏，忽然問了一句：「衞夫人想必知道要使得海水魚可以在淡水中存活的方法？」

這時候我正在又憤怒又是沒有辦法，他卻問起這種不相干的事情來，我正想叱責他嚴肅一些，別在現在這種情形下，胡說八道，插科打諢！

可是白素卻已經道：「我知道——在海水魚生活的容器中，每天取出小量的海水，兑入同量的淡水，次數越多越好，使海水中的鹽份漸漸減少，經過一個時期——時期越長越好，海水變成了淡水，某些海水魚，就可以適應淡水，在淡水中生活了。」

我聽白素回答得如此認真，略想了一想，也就明白了其中的道理。

杜良對白素的回答感到非常滿意，他興奮得雙手揮動，道：「這正是我的研究計劃！」

白素道：「計劃是：複製許多衞斯理複製人，而在複製的過程中在複製人腦部做手腳，使複製人的聰明程度——也就是接受知識轉移的能力，一個比一個減弱，從『衞斯理』到『普通人』，你們估計要多少複製人？」

杜良更是高興，向白素深深鞠躬，道：「和使海水魚適應淡水，需要的時間越長越好一樣，複製人也越多越好。首先向『衞斯理』進行知識轉移，然後將知識從『衞斯理』轉移到『衞斯理減一』，再從『衞斯理減一』轉移到『衞斯理減二』……一直到『衞斯理減X』！」

杜良說到這裏，簡直亢奮之極，白素很沉着，道：「這『衞斯理減X』的腦部情況，是和普通人一樣的了？」

杜良大點其頭，道：「在這些知識轉移過程中，我們一定可以掌握轉移知識的奧秘，使知識轉移變成輕而易舉——」

說到這裏，他高舉雙手，大聲叫道：「真正成功了！」

在白素和杜良進行這段對話的時候，我很例外的沒有打斷他們的話頭，因為我需要很用心才能聽懂他們的話。

用使海水魚適應淡水，來說明杜良循序漸進的研究計劃，是很不錯的例子。所以我明白所謂「衞斯理減一」、「衞斯理減二」……都是衞斯理複製人，減的數字，表示腦部活動能力的逐步減弱。

勒曼醫院方面和杜良，認定我腦部活動能力超強，所以是接受知識轉移最好對象，他們就想出了用逐步減弱我腦部能力的方法，希望達到許多次轉移之後，知識轉移就可以向普通人進行。

我儘量使自己平靜——主要是從白素的態度上，看出她好像並不非常反對這種

事情的進行。

我努力告訴自己：如果可以同意一個衞斯理複製人接受知識轉移，為甚麼不可以同意多於一個呢？

實際上不論多少個，對我來說，都是一樣的——不會造成任何實質的傷害。

可是在心理上，一個複製人成為實驗品，和許多個始終有不同的感覺，那感覺是越多越不舒服。

所以在杜良歡呼的時候，我厲聲道：「要多少個衞斯理複製人才能實現你的計劃？」

杜良哈哈大笑，攤開雙手：「有甚麼關係？勒曼醫院可以無限量供給。」

我不知道是對杜良這種態度感到討厭，還是確然感到事情有很大的問題在，所以我不由自主大搖其頭。

杜良發覺了我的反感，立刻收斂了他的那種囂張，他改用非常嚴肅的態度，向我道：「等到成功之後，人類現在擁有的知識，就可以通過轉移，永遠保存，只有不斷累積，不會消失，一百年的進步，可以等於一千年、一萬年！」

我緩緩地吸了一口氣，從搖頭變成點頭——杜良的這一番話，我絕對同意！人的生命期限很短，現在人類所進行的知識累積方法是進十步退九步，知識在擁有知識者死亡之後，只能依靠文字紀錄來傳播給其他人，而其他人又需要從頭開始接受知識的過程，等到有了成績，死亡也跟着來到了！

這種情形，又愚蠢，又可憐，又成效極低。

而知識轉移如果普遍化，那將會是甚麼的情景！難怪杜良會如此興奮——確然是令人興奮！不必經過二十年、三十年苦苦地學習記憶，就可以擁有前人的各種知識，在前人知識的基礎上發展，然後再將累積增加了的知識轉移給後人。

生命不再，知識永存！

我胡思亂想的習慣，在這時候發作，我忽然想到的是，知識轉移成功之後，如果有甚麼大學問家死亡，悼念詞之中，就一定不會再有老生常談的「是學術上的巨大損失」這類的話了！因為根本不會再有任何學問上的損失！

這確然是非常令人嚮往的一種美好情景，人類可以從此進入宇宙間高級生物的行列——我堅決相信擁有知識多少的程度，決定生物是否高級。

杜良和亮聲顯然都覺察到了我在不知不覺間，顯露了興奮的神情，杜良繼續加強我對未來美好的想像，他道：「最後的目的，是不必在知識輸出者瀕臨死亡的情形下才進行知識轉移，而是任何情形下都可以進行！」

我受了他的引導，想像這種情形變成事實之後的情景。

和現在一樣的課室之中，教授面對幾十個學生，不是如今那樣通過一點一滴地講解把知識傳送——在傳送過程中，還不知道要損失多少，不知道有多少可以被學生接收。而是通過知識轉移，教授腦部的知識，完全進入學生的腦部。

以如今大學的課程所能夠給予學生的知識，哪裏需要四年，只要四天、四小時、四分鐘甚至於四秒鐘，知識轉移就可以完成所有的大學課程！

用現代的大學課程來舉例，只不過是隨意設想而已，其實任何高深的學問，都可以在剎那之間完成。

現在，就算是天才，從開始學習到學問有成，需要多少時間？至少要二十年。通過知識轉移，就可能只需要兩分鐘！

在這樣情形下，人類獲得知識的生命就相對延長，八十年生命中所獲得的知

識，會等於多少年？八千年、八萬年……

在我這樣想像的時候，本來就已經一發不可收拾的了，亮聲卻還在一旁「火上加油」，他道：「前景是：不但在地球人之間，可以進行知識轉移，在外星人和地球人之間，也可以進行知識轉移！」

我對於外星人向地球人進行知識轉移並不陌生——紅綾接受了豐富無比的知識工程，相信就是一種知識轉移。

而如果外星人的知識能夠普遍轉移給地球人，當然對地球人非常有利——我一貫認為能夠來到地球的外星人，比地球人進步不知道多少。

想到這裏，我自然而然脫口道：「太好了！」

這時候不知道是我的興奮感染了其他人，還是其他人的興奮感染了我。杜良和亮聲的興奮程度不必說，連白素的神情，也可以看出她心中的嚮往。

我大聲道：「不但是地球人和地球人之間，也不但是外星人和地球人之間，連外星人和外星人之間，也同樣可以進行知識轉移！」

我說到這裏，想進一步形容那時候的情形，可是張大了口，卻無法說出話來，

因為那是甚麼樣的情景，還只存在於想像之中，一時之間無法將想像化為語言。

杜良在這時候，忽然變得和我非常合拍，他竟然知道我想說甚麼而沒有說出來，他接口道：「人類一直在嚮往世界大同，而現在我們可以實現宇宙大同。」

我喝了一聲采：「好一個『宇宙大同』！」

當時情緒很有些狂熱狀態，在這樣的狀態之中，任何事情都會向美好的方面擴展許多倍。

如果冷靜下來想一想，星際之間實現知識轉移當然是一件大大的好事，可是是不是就此可以達到「宇宙大同」的目標，還有巨大的疑問在。

然而在當時，我卻非常同意杜良對美好前景的這種預測。我更進一步道：「踏上『宇宙大同』道路的第一步，是從地球上開始的！」

同樣的在狂熱的情緒驅動下，人所說的話，會變成「偉大的空話」，我也不能例外。

杜良比我更狂熱，他大聲補充：「在勒曼醫院開始！在這裏開始！在我們四個人身上開始！」

太偉大了！

剎那之間，我真的感到太偉大了！

從我們四個人跨出第一步，就可以開始走向「宇宙大同」的金光大道！

而且，四個人之中，又是以我為主——從我的複製人開始，從需要取得我的同意開始，所以這種偉大的感覺迅速膨脹，使我在這以前想到過的種種疑問，感覺到的種種不對頭之處，都被擠到了一邊。

新產生的感覺是，為了達到這種前無古人、後無來者的偉大目標，其他的一切都可以不必考慮，就算有所失，比較起所得之多，完全微不足道，根本不必計較。

那時候，我也想不起是白素根本沒有向我表示任何意見，還是我根本沒有想到要徵求白素的意見，我用力一揮手，大聲道：「太好了！我找不出任何反對使用我複製人的理由！」

杜良首先歡呼一聲，衝過來和我擁抱。

我和杜良，本來如同水火不容，這時候卻真心擁抱，互相拍着對方的背，表示對對方的欣賞。

亮聲也過來，和我們擁在一起，我略定了定神，才向白素望去，只見白素微笑，在她的神情上，找不到反對的表示。

後來我問她：「當時你對於我的行動，究竟是贊成還是反對？」

白素的回答是：「和你當時所說的那句話一樣：找不到反對的理由。」

我當然知道，白素所說的「找不到反對的理由」這句話和我所說的雖然一模一樣，可是隱藏在話後面的情緒卻不同。

我是找不出反對的理由，所以絕對贊成；而白素卻是並非贊成，只是找不出反對的理由而已。

後來事情的發展，非常非常出乎意料之外，再檢討當時的情形，就證明白素冷靜而我衝動。

衝動的人就容易被一些美麗的想像（或者稱為美麗的謊言），導入狂熱的情緒中，而忽略了許多本來應該注意的問題。

狂熱會迅速傳染——人類歷史上有太多例子說明被這種情緒傳染的人越多就越可怕。

白素後來並沒有取笑我，我也不想再提起，就此算數。

卻說當時，我、杜良和亮聲，高興雀躍了好一會，才冷靜了下來，杜良最先開始說正常話——在這以前，我們三個人在極度亢奮的狀態中究竟說了些甚麼話，至少我是不記得了，大體是圍繞着「宇宙大同」這個主題，我也不願意去努力回想那些話，大家可以各憑自己的想像力去想像。

杜良開始在正常狀態下所說的第一句話是問我：「衞夫人的問題解決了，衞斯理你的問題是甚麼？」

這時候離我和白素同時說「還有一個問題」時，並不太久，可是情況已經發生了完全不同的變化。我已經表明了我的態度，白素也沒有反對，所以我原來想問的問題，已經變得不再重要，問不問都無所謂了。

八、需要衞斯理的腦部

不過不問原來的問題，並不等於沒有問題，我正在想應該問甚麼新的問題，剛想到了一個很嚴重的，想問，還沒有出聲，杜良已經哈哈大笑，道：「不想問了，還是問題已經解決了。」

我攤了攤手：「原來的問題，看來已經不成問題，新的問題是，經過知識轉移之後，那些複製人當然和原來不同，他們有知識，知識在他們的腦部……發酵……」

我說到這裏，停了一停，考慮「發酵」這樣的說法是不是恰當，想了一會，想不出更好的說法來，才繼續說下去：「知識在腦部發酵的過程中，必然產生思想——人的思想就是這樣產生的。在有知識、有思想的情況下，複製人當然——」

亮聲在這時候打斷了我的話頭，疾聲道：「——當然不再只是複製人，而是真正的人！」

剎那之間我眼前像是出現了幾十個、幾百個甚至於幾千個「衞斯理」，情景又詭異又滑稽，完全無法形容。

白素在這時候，也發出了一下古怪的聲音來，顯然她更無法接受這種情形。一時之間我和白素的神情都變得非常怪異。

而杜良和亮聲卻很輕鬆，好像這個不可思議的問題，早已在他們的控制之中。杜良向亮聲做了一個手勢，表示這個問題應該由亮聲來解答。亮聲搓了搓手，像是要開始演講一樣。

就在這一瞬間，白素輕輕碰了我一下，示意我留心亮聲的動作，在白素沒有碰我之前，我已經注意亮聲在說話，尤其是有重要的話要說之前，總會搓一搓手。

在我的記憶之中，亮聲好像並沒有這種小動作的習慣。

白素顯然也是因為如此，才感到奇怪，要我留意的。

然而我卻想不出那代表甚麼，向白素望去，她也搖了搖頭。我急於想知道亮聲如何解決這個問題——這問題和我關係密切之極，因為有不知道多少個「衞斯理」將要產生！而且這些「衞斯理」還會有知識，會產生思想，這種情形遠遠比「宇宙大同」還要難以想像。

亮聲頓了一頓，望着我，道：「然而這些『衞斯理』除了外形和你一樣之外，

還是和你一點關係都沒有。」

我道：「不只是外形一樣，五臟六腑，最重要的是腦部結構也完全一樣。」

亮聲立刻道：「最重要的是產生的思想完全和你不一樣——決定一個人是甚麼人，由這個人的思想決定，所以這些複製人不會也不可能成為衞斯理第二，一個也不可能。」

那種事情很不對頭的感覺重又襲上心頭，我神情木然，不做反應，心中很有「上了當」的感覺——一直是在以一個複製人為前提在討論問題的，等到我有了決定，同意他們使用我的複製人了，忽然從一個變成了許多個，而他們卻告訴我，許多個和一個是一樣的。

我能夠接受這樣的說法嗎？

從我的神情上可以看出我對剛才的決定有了猶豫。

亮聲笑道：「你放心，這些複製人，活動範圍絕對不出勒曼醫院——不出勒曼醫院中杜良醫生的研究室。」

對於亮聲這種保證，我非但不相信，而且異常反感，我冷冷地道：「有知識有

思想的人，能夠一生只在研究室活動嗎？」

這是一個非常嚴肅的問題，處於腦部是空的情形之下，可以隨意擺佈複製人，等到他們的腦部有知識而且產生了思想之後，如何還能夠將他們一輩子留在研究室中？

想不到這個在我想來簡直不可能有答案的問題，亮聲立刻回答：「當然能夠。」我看到白素的反應也非常訝異，就問：「如何能夠？」

亮聲道：「複製人的知識，由我們給予，在一開始就告訴他們，生命活動的全部空間，就是研究室，他們完全沒有機會知道在研究室之外還有可活動之處，當然就只會在研究室活動——一輩子從生到死，也就一定只在研究室之中。」

我怔了一怔，亮聲的這種說法，不是不能成立——要是除了一個空間之外，根本不知道還有甚麼空間，那麼生命當然只在所知道的空間中進行。

我思緒相當紊亂，搖頭道：「別忘記，曾經有複製人逃出勒曼醫院的事情發生——就是因為這樣，我才發現了勒曼醫院的存在！」

亮聲哈哈大笑：「那是多少年之前的事情了，當時勒曼醫院設備簡陋，疏於防

範，才會發生這樣的事情！現在勒曼醫院的一切設備，都不是地球人所能想像——」

他說到這裏，並沒有停下來，我在記述故事時，將他連續的話分成兩段來記述，是因為我必須在這時候插入聽到他說話者的反應。

聽得他這樣說，最快有反應的是杜良，在杜良的臉上閃過一絲怒意，雖然只是極短的時間，可是顯示出來的怒意，卻非常深刻。

我很瞭解杜良為甚麼會有這樣的反應，因為亮聲剛才的話，很輕視地球人，杜良一向以外星人為敵，當然對外星人話中的輕視很敏感，會有憤怒的反應。

而我的反應是奇怪多於生氣，我奇怪的是，亮聲在和我的交往之中，一向非常注意不輕視、不得罪地球人，唯恐我聽了會產生不愉快的感覺——這一點，在我過去記述和亮聲有關的故事中，可以有充分證明。

剛才他卻這樣「口不擇言」，莫非是興奮太甚，有些頭重腳輕？

本來以我和亮聲的稔熟程度，我可以以更不敬的話罵回去——熟朋友之間，罵來罵去，是很普通的事情。亮聲既然得罪地球人，我也可以諷刺外星人一番。我連要說些甚麼都想好了，正準備開口，向亮聲望去，只見亮聲像是完全不知道剛才自

己說了甚麼話，一點也沒有在意，繼續在往下說。

這種情形，表示剛才的話，是他心中想法的直接反射——正因為他心中對地球人一貫是那樣想，所以才會那樣說。這和我認識很久的亮聲不一樣。

亮聲雖然是外星人，可是我可以肯定，他心中並不輕視地球人，這也是我們能夠成為朋友的原因。

所以在剎那之間，我感到對亮聲十分陌生，我張大了口，卻沒有出聲。

因為同樣的一句話，用來罵熟人，被罵者可以完全不當一回事，用來罵陌生人，就可能因此產生血案。

我把要說出來的話硬吞了回去，那神情自然尷尬得很，可是亮聲並沒有注意。

我向白素看去，她並沒有甚麼特別的反應。

正如曾經特別說明過的，在敘述那些反應的過程中，亮聲並未停止說話。

他在說了「不是地球人能夠想像」之後，打了一個哈哈，更有甚焉地道：「就算是真正的衞斯理，也絕對不能逃出去，別說是衞斯理的複製人了！」

他說到這裏，可能是真正感到好笑，所以忍不住哈哈大笑了足有半分鐘之久。

我瞪着他，他也沒有注意，白素很冷靜地道：「衞斯理為甚麼要『逃』，才能『出去』？」

白素雖然語氣冷靜，可是她的話卻是相當嚴厲的責問，亮聲怔了一怔，可能到這時候，他才覺察到自己說錯了話，然而他只是揮了揮手，道：「這是為了說明複製人沒有離開勒曼醫院的任何可能性！」

白素沒有再說甚麼，和我交換了一個眼色，表示她對亮聲有相當程度的不滿——正和我一樣，我還感到，如果亮聲這種態度不變，我們之間的友誼，可能要結束了。

亮聲顯然誤會了我們的反應，以為我們對他所說的「複製人絕對不會離開勒曼醫院」有懷疑，所以他略停了一停，道：「若是兩位還不放心，那可以採取消滅的辦法——研究有了進展和成果，可以不再保留——」

他話還沒有說完，我就霍然起立，亮聲這樣說法，太可怕了，若不是心中根本將那些複製人當成了白老鼠，他怎麼會說出這樣的話來！

我表示了適當的憤怒，大聲道：「『不再保留』是甚麼意思？他們都是人啊！」

我的反應很強烈，亮聲意識到了他的話說得太過分了，超出了我能夠接受的範圍，他在剎那之間，有相當尷尬的神情，然後攤了攤手，聳了聳肩，像是在表示歉意，而更多的意思是不想在這個問題上作討論。

我也無意和他在這個問題上作進一步的討論。

因為「複製人是不是人」這個問題，要討論起來，在地球人和地球人之間，都有截然不同的相反意見，何況是地球人和外星人之間！

由於對生命的觀念不同，這個問題的討論，永遠只是爭論，不可能有結論。

而且這「複製人」又已經不只是單純的複製人，而是有知識，有思想，所以使得問題更加複雜。

我的觀念是：他們當然是人！

而根據亮聲剛才的話，他的觀念，顯然把他們當作只是試驗品！

這種完全不同的觀念，怎麼可能討論出結果來？

杜良在這時候，表示了他的意見，大聲道：「當然不可能採取消滅他們的方法，在我的長遠計劃之中，他們的地位非常重要，他們可以成為知識轉移的中介

體，知識轉移到他們的腦部，再由他們的腦部轉移到普通人腦部去，在『人』的地位排列上，他們會處於很高的位置……」

他略想了一想，繼續道：「他們會成為知識的傳播者，相當於如今的教育工作者。」

杜良的這種說法，相當新鮮，完全可以接受，也說明他的研究計劃具有想像不到的宏觀。

我點了點頭，亮聲笑了一下，道：「可是轉移知識的效果，卻高出了不知道多少倍！」

杜良也笑，氣氛變得緩和了許多，可是我心中還是在想：亮聲一會兒非常肯定有知識、有思想的複製人是「真正的人」，一會兒又說可以「不再保留」他們，怎麼會如此混亂，如此矛盾？

這完全不像是我所熟悉的好朋友亮聲！

這時候我完全想不通為甚麼會這樣，一直到後來，才恍然大悟，原來非常簡單。

亮聲不等我再説甚麼，就作了結論：「很多複製人是研究的必需，對衞斯理先生來説，並沒有特別不同的影響，衞斯理可能覺得的異樣感覺，只不過是心理上一時之間不能接受而已。」

他説着，神情很輕鬆，像是所有的問題都已經解決了。

我對他這種態度，相當反感，道：「心理上不能接受，就不能同意自己的複製人被利用！」

亮聲在那剎間，有非常不耐煩的神情出現，這種神情甚至於看起來有些猙獰，像是如果我繼續表示不同意，他就會採取嚴厲的對付手段一樣。

雖然他很快就恢復了正常，可是還是令我十分厭惡，甚至於不想再看到他，所以我轉向杜良。

杜良立刻道：「我認為不應該再有問題了！」

恰恰相反，亮聲和杜良的態度，使我更必須問我的問題——問題還是老問題，就是不久之前，我和白素同時表示有問題時候的那個。

我道：「剛才白素問了她的問題，我還沒有問呢！」

杜良向我作了一個「請問」的手勢。

我問道：「我非常不明白，你們完全可以不告訴我，而自顧自進行研究，為甚麼要讓我知道研究工作的內容，而且一定要取得我的同意？」

直到我問出這個問題的時候，我確然完全不知道他們是為了甚麼！

我本來可以接受，是勒曼醫院方面將我當成朋友，顧及我的感受，所以才將要利用我的複製人一事告訴我。可是自從來到勒曼醫院之後，只是在感覺上一次又一次地覺得不對勁，友誼可貴的感覺越來越淡，所以問題更成了問題。

我甚至於可以肯定在這個問題背後，一定另有文章——他們一定有非要取得我的同意不可的理由，而且我還強烈地感到如果最後我不同意，他們會使用非常的手段，而不是繼續說服我。

本來我是不應該有這樣感覺的，因為雖然杜良一直以我為敵，可是亮聲卻是我的朋友，而且我和勒曼醫院關係很好，不應該會傷害我。

可是自從知道了我是在一個很巧妙的圈套下被騙到勒曼醫院來，和對亮聲產生了陌生感之後，我已經完全不能肯定我和勒曼醫院之間的關係是不是和以前一樣

了。

我問的這個問題，肯定是一個關鍵：我問，他們回答，等於是一場牌局，已經到了攤牌的時候。

我感到一定程度的緊張，在問了之後，我立刻退到白素身邊——我不知道接下來會發生甚麼事情，而不論會怎樣，和白素肩並肩，總不會錯。

我在問問題的時候，就非常留意杜良和亮聲的反應，只見他們互望了一眼，杜良不由自主吸了一口氣，亮聲向他微微點了點頭。

這一切都是不到十分之一秒之內發生的事情，然而他們的身體語言卻告訴了我許多事情，將他們的身體語言化為真正的語言來說，就是這樣：

他們都在心中感到：事情終於來了，終於到了最關鍵性的問題，應該怎麼對付？

杜良在徵詢亮聲的意見：是不是照實說？

亮聲給的回答是：照實說！

弄明白他們的身體語言，相當重要，因為可以知道接下來他們所說的話是實

話。

這時候我又看到亮聲在搓手，杜良伸手在抹臉，顯示他們兩人也很緊張，這很合乎我感到已經到了「攤牌時刻」的想法。

杜良開口，道：「很高興經過了溝通，兩位已經明白我們的研究工作意義重大，也表示了全力支持。」

他一開口就這樣說，我和白素都不由自主皺了皺眉。因為他這種說法，非常狡猾。

他先敲定了我們「全力支持」，那麼接下來不管他說甚麼，我們就都不能反對了。

我相信使用這種狡猾的手段，企圖將我們套住，一定是杜良的主意——這是地球人慣用的伎倆，外星人恐怕還想不出來哩！

然而對於杜良這樣的說法，我們卻也無法反駁。因為剛才白素的態度，還可以說是有所保留，我卻的確是表示了完全的支持，不能不算數。

所以我雖然不滿，也無話可說，只是哼了一聲。

杜良繼續道：「研究工作，特別需要衞斯理的支持。」

他說得非常認真，我想了一想，道：「我不反對研究使用我的複製人。」

雖然我說「不反對」，可是誰都應該聽得出那並不是表示我很贊成，只是表示就算我反對也沒有用處，所以才不反對而已。

杜良沉默了一會，才道：「事實上，研究工作，衞斯理，要從你開始。」

我嚇了一跳，剎那之間我想到的是：莫非真的是要將我的頭切下來？

我再也想不到研究工作除了要我同意使用複製人之外，還有甚麼需要我實際參加之處。

所以杜良這樣說，實在出乎意料之外，白素輕輕碰了我一下，表示她也感到意外。

我笑得有些勉強，向自己的頭指了一指，意思是在問杜良：難道是要我的頭嗎？

杜良的反應，更加出乎意料，以致我和白素都霍然起立。

杜良竟然點了點頭！

在我和白素站了起來之後，杜良笑起來，作手勢要我們坐下，道：「兩位一定誤會了，的確需要衞斯理的頭部，可是絕對不必將頭切下來，只要衞斯理腦部進行一秒鐘的運作，甚至於不到一秒鐘，就可以大功告成了！」

杜良雖然是笑着說這番話的，可是他說來相當認真，絕對不像是開玩笑。

而且我可以覺得，剛才他對我的詢問，點頭，那是他故意要造成的誤會，目的是將事情先放在非常嚴重的地位（將頭切下來），然後將事情的嚴重性萬萬倍地減低（腦部運作一秒鐘），這樣就可以造成我容易立刻答應後者的效果。

看來杜良的奸詐程度和他的科學天才成正比例。

我當然不會上當，沉住了氣，也笑道：「偉大到了可以達到宇宙大同目的的研究工程，怎麼可能會需要從我開始？」

亮聲也笑，一時之間氣氛好像很輕鬆，亮聲道：「杜良醫生，你還是需要從頭說起，才能明白。」

杜良點了點頭，說道：「在肯定了只有衞斯理複製人才是最佳知識轉移對象之後，我們立刻展開了工作，對複製人進行知識的轉移——」

他說到這裏，頓了一頓。

我和白素剛才因為誤會了真的可能會被切下頭來，而站了起來，同時自然而然握住了手，才坐下就聽得杜良這樣說，我哼了一聲，道：「立刻展開工作，當然是在亮聲先生出馬設圈套把我騙到勒曼醫院之前的事情了！」

到這時候，事情已經明白了一半：確然如我一直在疑惑的那樣，勒曼醫院和杜良根本不必徵求我的同意，事實確然如此，他們在沒有徵求我的同意之前，就已經對我的複製人進行知識轉移了！

也非常顯然，他們在未經過我同意而進行的知識轉移，失敗了——如果成功，就根本不會有任何事情發生：亮聲不會來找我，我也不會到勒曼醫院來。

明白了一半，卻更是疑惑：難道知識轉移工程，要我的同意才能成功？這實在太匪夷所思，我一點都想不出我同意與否，有甚麼關係。

當然一定有關係，而且是非常重要的關係，這才使杜良和亮聲大費周章地把我騙到勒曼醫院來！

所以雖然還一點都不知道為了甚麼，卻可以肯定：他們非我不可！

這就對我很有利——他們需要我，就不能傷害我。

所以我頓時感到很輕鬆，亮聲對我的話感到很尷尬，他叫起來：「衞斯理，我們之間，沒有衝突，意願一致！」

我笑道：「是啊！想達到宇宙大同目的的意願，完全一致。」

杜良揮了揮手，示意我不要打岔，他道：「可是，那次轉移失敗了。」

這早已被我料到，所以我一點都不感到奇怪。

杜良說到這裏的時候，現出沮喪之極的神情，可想而知他當時滿心以為一定成功結果卻失敗了之際的失望是如何之甚。

他向我苦笑：「當時我簡直想到了要自殺！完全沒有失敗的理由，一定成功的事情，卻失敗了！」

他甚至於到這時候，說來還會不斷地喘氣，由此可知當時他「簡直想要自殺」並非誇張。

白素問道：「失敗的詳細情形如何？」

杜良嘆了一口氣：「進行知識轉移——」

白素疾聲道：「轉移甚麼人的知識？」

杜良怔了一怔，像是沒有想到白素會追究這樣的細節，他道：「轉移我的知識——由於不必將頭切下來，所以應該是任何人的知識都可以轉移到複製人的腦部。」

白素又問：「閣下的知識浩瀚如海，轉移的是甚麼部份的知識？」

白素在一再追問細節，我不知道她目的何在，只是注意杜良回答的神態，杜良答得很快：「是醫學的初步知識。」

白素道：「一個腦部完全空白的人，連一句話都不會說，能夠消化接收到的知識嗎？知識進入他的腦部之後，他能夠運用、表達嗎？」

杜良道：「人腦的結構非常複雜，也極端的奇妙，如果和電腦相比較，現在全世界電腦加起來的功能，恐怕也比不上一個普通人的腦部功能，更不要說是功能超突的衞斯理腦部了！在接收了知識之後，會立刻進行分析、組合、瞭解、向知識做輻射性的擴展，轉移輸入的知識會在很短的時間內——大約七十二小時左右，所完成的擴展，已經可以使複製人操流利的語言：應該是英語和德語，而他的程度已經達到一般大學醫科畢業。」

杜良說得再詳細不過，我聽得目瞪口呆，雖然他直接說「衛斯理的腦部」，我也忘了提抗議。

因為這樣詳細一解說，更可見知識轉移工程的偉大！七十二小時，就可以使一個腦部完全空白，只會發出「啊啊」聲的複製人，成為一個合格的醫生！

確然，這樣的工程普遍進行，宇宙大同或許還難以實現，世界大同卻肯定不成問題！

我在那瞬間，感到全身一陣發熱，覺得自己有幸參加這樣偉大的工程，簡直榮幸之極！

白素很用心聽，杜良繼續道：「可是，卻沒有成功，儀器上有知識輸出的記錄，知識應該進入複製人腦部，可是複製人腦部卻產生抗拒，拒絕接受。」

杜良說到這裏，向我望來，看他的神情，像是他的失敗我應該負責一樣。

我忍不住問：「關我的事情嗎？」

我完完全全只是隨便一問而已，卻不料杜良竟然非常認真地道：「是，經過了一再分析，尋找失敗的原因，發現關鍵正在閣下的身上。」

我哈哈大笑，想要問他在放甚麼屁，卻看到白素口唇微微掀動，那是唇語，她在告訴我：「就快說到最關鍵性的問題了，小心聽，不要打岔。」

我立刻止住了笑聲，杜良嘆了一口氣：「尋找失敗的原因，只找到一個可能，衞斯理的腦部——」

他這是第二次提到「衞斯理的腦部」了，雖然白素告誡我不要打岔，可是一個人的腦部老是給別人掛在口裏，總不會是很愉快的事情。

所以我感到必須提抗議糾正。

九、下達指令

於是我用極快的速度說了一句：「應該是衞斯理複製人的腦部！」

杜良哼了一聲：「沒有分別——你複製人腦部結構和你的完全一樣，連腦細胞的數字都一樣。」

雖然知道他說的是事實，可是我堅持：「在你敘述的時候，最好還是分清楚。」

杜良沒有再說甚麼，考慮了一會，改了口：「衞斯理複製人的腦部結構特殊，與眾不同，最容易接受轉移進入的知識，本來最適合的了，可是他複製人的腦部太特殊、太與眾不同了，天生有一種特別的功能——」

他說到這裏，我已經訝異之極，幾次想要說話，都被白素緊握我的手阻止。

杜良瞪了我一眼：「——這種特別的功能，使他能夠拒絕他不想接受的知識！我畢生從事人類腦部功能的研究，這種情況，是首度發現。」

白素也望了我一眼，道：「這種特點，反映在行為上，會形成甚麼的行為？」

杜良回答得很快，也很肯定，顯然那是他經過詳細研究之後的結論。他道：

「是主觀特別強，強到了難以形容的地步，他會抗拒一切他不想接收的知識，具體地說，是別人的話，如果不合他的主觀願望，他絕對不會接受！」

白素聽到了一半就笑了笑，道：「閣下真了不起，這正是衞斯理！」

我道：「這說明我判斷是非的能力特別強——是『是』就接受，是『非』就拒絕，絕對不會聽人擺佈，任憑你說得天花亂墜，也休想我同意！」

杜良吸了一口氣：「我不反對你的說法，可是這種特點，在複製人身上展現，就變成了複製人拒絕一切知識進入他的腦部！」

我立刻道：「這證明了我的複製人，並不適宜作為知識轉移的對象——所有的問題都解決了，閣下『另請高明』吧！」

那時候我真的感到很輕鬆——既然我的複製人拒絕接受任何知識，所有的事情不就都過去了嗎？

後來白素笑我：「看你當時的情形，像是真的以為事情就此告一段落了，真不明白你怎麼就忘了幾分鐘之前，杜良還說過，需要借重你腦部運作了？」

想起當時的情形，我還不免有些震盪——當時我們雖然身體上沒有任何大動

作，可是思想的起伏，心靈的矛盾，得失的衡量，形成的衝突和激盪，當真是難以形容——這種內心的鬥爭，是用思想來進行，比用身體來打鬥，還要驚險。

尤其當時需要我下決定的事情，關係是如此重大，我的決定可以影響人類文明的進展，這樣重大的責任，雖然看不見、摸不着，可是卻像萬斤重擔一樣，壓在心頭。而在這樣情形下，忽然有了可以放下重擔的機會，當然會自然而然感到高興。

至於在幾分鐘之後又發生的事情，當時我絕對絕對料想不到，後來事情發生了，由於事情相當怪異，所以連在場的白素也不知道，到了事情過去之後，我才告訴白素的。

當時我在真正感到鬆了一口氣的時候，甚至於站了起來，伸了一個懶腰。

杜良的話，是緊接着我的話而說的，他道：「的確要請高明，不過不必『另請』，這高明就是閣下，衞斯理先生！」

我攤了攤手：「我已經完全同意使用我的複製人——不管複製人有多少個，我都沒有意見，我所能夠做的，就是這樣，已經做到了！」

那時候，我以為杜良既然在我的複製人身上轉移知識失敗，我樂得說風涼話，

反正我這樣表示了，他的研究工程也無法進行下去，對我來說，一點損失也沒有，是典型的空頭人情。

可是杜良和亮聲對我的空頭人情，卻顯出很感激的神情來，亮聲甚至於興奮得很，連連搓手。

杜良也很高興，道：「能得到閣下再一次這樣確實的保證，真是太好了。」

我做了一個「不必多謝」的手勢。

然而接下來杜良所說的話，卻將我輕鬆的心情一掃而空，他道：「經過了反覆研究，我已經找到了掃除障礙、使複製人可以接受知識轉移的方法。」

剎那之間，我僵在那裏，還維持着做那個手勢時候的姿態，看起來一定非常滑稽，不然杜良望着我的樣子，為甚麼如此愉快？

杜良繼續道：「你不恭喜我？不恭喜全人類？」

我漸漸地恢復了活動能力，像傻瓜一樣地問：「你找到了掃除障礙的方法？」

杜良大點其頭，我又問道：「那就是說……知識轉移，已經終於成功了？」

杜良卻又搖頭：「還沒有，不過一定可以成功，衞斯理，關鍵就在你的身上，

正確地說，關鍵在你的腦部。」

他在說的時候，手指一直指着我的腦部，情形相當怪異，使我有如同腦中有甚麼蟲在爬行一樣。

我甚至於不由自主後退了一步，神情戒備，這時候我完全不知道杜良的意圖，可是既然他說了事情和我的腦部有關，對我來說，就是有關生命的大事，那和使用我的複製人不同，是切實要用到我的腦部，誰知道他要想對我的腦部動甚麼手腳！

電光石火之間，我已經有了一連串的決定：拒絕他對我腦部動手腳的任何要求——如果他軟求不成要硬來，那就必須動武——動武一開始，在現在的情形下，必須一出手就有成果——最好的方法就是出其不意將杜良和亮聲制住，作為人質，使我們可以安全離開勒曼醫院。

我也已經想到，行動必須迅雷不及掩耳，同時制服兩個人，需要我和白素同時出手。

所以我立刻望向白素，示意她留意我的行動，和我配合。然而在這樣我認為極其嚴重的時刻，白素卻向我微笑，搖了搖頭，表示我不必緊張——事情和真正的我

的腦部有關，我能夠不緊張嗎？

杜良緩緩地道：「經過研究之後，唯一的方法，是解除複製人腦部抗拒知識進入的障礙，而能夠解除這種障礙的，只有衞斯理，因為複製人是衞斯理的化身。」

在這時候，我還是不能完全明白杜良下一步會做些甚麼，白素的態度給了我可以聽他說下去的鎮定，所以我暫時沒有任何行動。

杜良繼續道：「沒有找出原因之前，事情非常複雜，複雜到了令人想自殺，可是找出原因之後，事情就非常簡單。只要衞斯理，你向複製人的腦部下一個指令，告訴複製人，接收轉移給他的任何知識，這重障礙就可以消除了。」

聽了這番話，我張大了口，卻說不出話來，心中的驚訝，難以形容。

雖然我還不知道如何通過我向複製人下達指令，也還不能說事情都已經水落石出，可是把事情發展到現在的經過，把杜良和亮聲說過的話、做過的事情想一想，就可以知道真正發生了甚麼事情。

事情是：杜良早已對我的複製人進行知識轉移，可是卻失敗了。在失敗之後，找出了原因，也找到了補救的方法。

方法非常簡單：只要我向我的複製人下指令，指令他不要抗拒轉移給他的知識。

只有我可以下達這個指令，因為那是我的複製人，我和他的腦部結構一樣，一定有可以互通之處——我想的，等於他想的。

我更進一步想到，下達指令這個行動，必須出於我完全的自願，不能有任何勉強，不然連我都不願意，傳達出去的訊息，也必然是不願意，複製人接收了這樣的訊息，當然不能夠改變不接受知識轉移的原則。

這就是杜良和亮聲為甚麼要設計將我騙到勒曼醫院來的原因。

這也就是為甚麼他們要把經過的情形告訴我，向我說了那麼多鼓動的話的原因。

他們必須我完完全全同意他們的行動，必須我百分之百願意，才能將解除障礙的指令有效地傳送出去，使得知識轉移工程能夠成功。

他們當然知道，我，衛斯理，腦部特殊，有拒絕接受自己不想接受的知識的能力——我認為那是一種能使人保持自己獨立的思想、不受蠱惑的能力，每個人腦部

都應該具有這樣的能力，這種能力我認為天生的成份少，後天訓練所得的成份多。

他們一定針對我腦部對於事情的是非，有非常強烈的分辨能力，而定下了對付我的詳細計劃。

他們逐步實現計劃，計劃的最終目的，就是要使我在完全自願的情形下，向我的複製人下指令。

我從一開始起，就一直隱隱約約感到有一個陰謀存在，現在證明這個感覺完全正確，陰謀就是他們針對我的計劃。

而他們的計劃，在逐步實行中，可以說每一步都很成功：他們將我騙到了勒曼醫院，使我在聽到了他們敘述研究工程的遠景之後，熱血沸騰，他們鼓動了我的情緒，使我覺得能夠參加這樣的工程是極大的榮幸，他們使我同意了在工程研究中，無數量限制地利用我的複製人……

直到最後一步：要我在完全自願的情況下，向複製人下達指令。

他們確然十分成功，因為到現在，我已經洞悉了他們的計劃（陰謀），可是我卻完全找不出拒絕的理由。

事情發展下來，到了最後一步，知道工程進行可以給人類文明進展帶來這樣巨大的好處，還有甚麼拒絕的理由？

我不但不能拒絕，而且還要說服自己：必須這樣做，必須百分之百感到要這樣做！

在聽了杜良的話之後，我迅速轉念，想到了許多，可是時間卻極短，至多只是杜良微笑了幾下的時間而已，事實上他幾乎沒有停過說話。

我在明白了這些之後，立刻向白素示意我想到了許多，白素卻還我以她早知道了的表情。

杜良繼續說的是：「這個下達指令的過程，非常簡單：通過儀器，聯結衞斯理腦部和複製人腦部，衞斯理只要將指令想一想，就成功了！」

杜良說到這裏，攤了攤手，道：「看，就是那樣簡單，偉大的事業，從最簡單的行動開始！」

我吸了一口氣，向自己頭上指了一指：「如何聯結？插一些針進去？」

杜良和亮聲聽了，都哈哈大笑，在知道了一切都是他們計劃中的行動之後，我

只覺得他們的笑聲之中，充滿了虛情假意。

這時候我的心情其實並不矛盾，我雖然對他們的這種陰謀非常不滿意，可是沒有拒絕的理由，我準備接受他們的要求，向複製人下指令，使知識轉移工程能夠進行，並且還確然以這樣偉大的工程能夠從我開始而感到光榮。

也就是說，我準備在完全自願的情況下，按照他們的計劃去行動。

然而我也決定了，在行動之前，我要揭穿他們的「陰謀」，表示我知道了一切，才自願進行，並非在他們的欺騙之下才進行的，好讓他們知道，想要從頭到尾欺騙我，不是那麼容易的事情。

我準備在揭穿他們的時候，大大奚落他們一番，尤其是亮聲，不會輕易放過他——我和他相交一場，算是朋友，他卻夥同杜良來騙我，太可惡了！

當我想到這裏的時候，我自然而然想起和亮聲交往的經過，想起難怪亮聲會給我陌生的感覺，原來是他心中有鬼的緣故。

（當時我確然如此以為。）

我在這時候，腦中所想的一定全都是，或者大部份是亮聲——這一點非常重

要，立刻發生的事情，後來證明和我當時腦部活動的狀況，有密切的關係。

就在我準備開口，開始揭穿他們，令他們大大狼狽，然後才答應去向複製人下達指令時候，我忽然聽到有人在叫我：「衞斯理！衞斯理！」

若不是那叫我的聲音非常特別，我一定以為不是杜良就是亮聲在叫我，不會引起特別的注意。

然而那叫我的聲音，聽來焦切之極，很是絕望，像是已經叫了幾千幾萬聲，我都沒有聽到，他在瀕臨絕望之前，還是不肯放棄，還在繼續，卻又沒有使我必然聽到的可能，帶着很深的痛苦。

我怔了一怔，向杜良和亮聲看去，只見他們都笑嘻嘻地望着我，帶着計劃接近完成的喜悅。

那在叫我的，並不是他們，當然也不會是白素，而且好像只有我一個人聽到有人在叫我的名字，其他人都並無所覺。

若不是這時候，那聲音繼續在叫我，我一定以為剛才是錯覺了。而正由於在繼續，我立刻明白實際上並沒有聲音——我聽到，是我腦部感覺到而已。

這種情形在我身上並不是第一次發生，可以說相當熟悉，那是有力量在影響我的腦部活動，使我「聽到」。

一般來說，要做到這一點，絕不容易，而這時候，對方的「聲音」聽來如此焦切，必然是有非常重要的事情要和我進行溝通。

我向杜良和亮聲做了一個手勢，表示我要想一想，然後我走向一角，面對牆，集中精神，作出回應：誰在叫我？

這時候我隱約聽到白素和杜良在交談，像是在問杜良一些問題，我由於要集中精神和那叫我的人聯絡，所以聽不真切，然而我卻可以知道，白素向杜良說話，目的是要穩住他們，好讓我不受到打擾。

我一作了回應，立刻聽到那聲音發出了一下呻吟：謝天謝地，你終於聽到了我的叫喚，衞斯理，我，我是亮聲！

剎那之間我的驚訝，到了極點——那人若是自稱他是玉皇大帝，我也不會再驚訝的了！

當時我的腦中轟轟作響，自然而然向亮聲看去，只見亮聲正在和白素說話，完

全沒有注意我。

而通過我腦部活動和我溝通的人，卻自稱是亮聲！

那人在繼續：「我是亮聲，衞斯理，我是亮聲，你的朋友亮聲，絕對不會欺騙你的亮聲，請相信，請相信！事情非常嚴重，請相信我是亮聲！」

我腦中陡然靈光一閃，他那句「絕對不會欺騙你的亮聲」打動了我，確然，亮聲應該絕對不會欺騙我，那麼就可以非常直接地得出結論：欺騙我的，就不是亮聲！

剎那之間我想到許多在這以前不可解的現象，從老蔡對亮聲的態度，從他對我的告誡開始想起，許多使我對亮聲產生陌生感覺的事情，都集中說明了一件事情：目前在我視線範圍內的亮聲，絕不是我的朋友亮聲！

而他外形和亮聲一樣，道理也簡單之極——本來就是借用地球人的身體，要找一個同樣的身體，對勒曼醫院來說，是容易到了極點的事情。

事情竟然要出動到假冒亮聲，可知其嚴重程度，必然遠遠超出我的想像！

我立刻回應：我相信，朋友，我相信！發生了甚麼事情？

亮聲（我相信了那是真正的亮聲）在喘氣——我真的感到他在喘氣，後來知道亮聲當時的情形，知道亮聲不可能有喘氣的行動，可是當時我確然有這樣的感覺。

亮聲道：「日後再告訴你，現在你千萬記得兩件事：一、不論你被要求做甚麼事情，都絕對不能答應，絕對不能答應！二、你要設法儘快安全離開勒曼醫院，並且在沒有再次見到我之前，千萬別再來！那杜良不是好東西，勒曼醫院之中，也有敗類，情形非常嚴重！」

聽了這樣的話，我心中混亂之極，立刻感到的是，亮聲這樣緊急的吩咐，極端矛盾。

他說的話，告訴了我，勒曼醫院中有了敗類，杜良也不是好東西，顯然兩者勾結，不知道要進行甚麼陰謀，所以他要我絕對不能答應他們的任何要求。

然而如果我不答應他們的要求，他們為了陰謀的實現，必然不擇手段來應付，我和白素又如何能夠儘快又安全地離開？

我知道亮聲對我下了這樣的警告，事情一定嚴重到了極點，亮聲本身，可能也出了問題，會不會遭到了囚禁？所以才要用這種直接影響我腦部活動的方法來和我

聯絡，剛才一定是我在偶然之間，腦中想起了亮聲，這才和他發給我的能量接上了頭，使我可以收到他的警告。

這種聯絡方式隨時可能中斷，我必須向他請教，如何才能解決我拒絕要求、又能離開的矛盾。

我還沒有發出問題，亮聲的話，在感覺上更是焦急：「照我的話做，別猶豫了！」

他一定是感應到了我的思緒，我立刻問：「拒絕容易，可是如何在拒絕之後離開呢？」

亮聲的回應，令我啼笑皆非：「你想辦法！你會有辦法的，你是衞斯理啊！」

我自然而然罵了他一句——完全是正常的和熟朋友的應對方式，亮聲立刻有反應：「別罵我！現在不能多說了，多說會引起他們的懷疑，日後我會將情形詳細告訴你。」

我覺得他的處境可能很不妙，才想起關心他，他就有了表示：「我很好——清除敗類的努力，正在進行——」

就在這時候，我聽到杜良和假亮聲都發出了響亮的笑聲，我還想和亮聲聯絡，卻已經沒有了音訊。

我轉過身來，眼前的情景，可以用他們三人「相談甚歡」來形容。

後來我問白素，問她和杜良以及假亮聲說了些甚麼——白素在那關鍵時刻，將兩人對我的注意轉移，使得我能夠和亮聲通消息，白素的行動，非常重要。

白素笑道：「那時候，我不知道你在做甚麼，只知道有非常重要的事情在發生，既然你的行動表示了你需要思索，我就當然要替你營造不受打擾的環境，只有沒話找話說。」

我好奇：「究竟說了些甚麼內容？」

白素若無其事地回答：「也沒有甚麼特別，只不過是說起了一些歷年來有關衞斯理的糗事而已！」

我哼了一聲，想起當時他們笑得歡暢的情形，非常之後悔多此一問。

白素當然注意到了我臉色難看，她道：「我故意將過去的事情拿出來說，有特別用意——我很早就覺得亮聲不對勁，好像換了一個人一樣，所以特地試他一試，

果然很多事情，他早就應該知道，甚至於有的事情，他曾經參加過，可是聽我說來，他還是很有興趣，顯然是第一次知道，更證明了他非常有問題，正想告訴你我的發現，你已經向我說這亮聲是假的了。」

當時我轉過身來，和白素四目交投，我立刻感到白素有話要對我說，可是我覺得我要說的話更加重要，所以立刻用唇語告訴她：「這亮聲是假的！」

白素立刻略點了點頭，對這個訊息，毫無保留地接受——當時我並不知道，白素不但早已起了懷疑，而且已經證實。

那時候，杜良和假亮聲還在笑，笑得非常不懷好意，我也不去追究他們笑的是甚麼，杜良先停住了笑，向我道：「考慮的結果怎麼樣？」

我深深吸了一口氣，準備大聲說出我拒絕他們要求的決定。可是有時候事情的變化，非常奇怪，完全沒有規律可循，當時的而且確，我是準備拒絕的，因為我接受了亮聲的警告，我必須拒絕，這是亮聲千叮萬囑的事情。

然而突然之間，早一秒鐘的決定，會突然改變，我一開口，說出來的話竟然是：「好，我們甚麼時候進行？」

從要拒絕，到答應，是完全相反的決定，這種回答，連我自己都感到有些吃驚，白素立刻揚了揚眉，表示疑惑。而杜良和假亮聲則興奮之極，杜良叫道：「馬上開始！」

我吸了一口氣，裝成很輕鬆的問：「不必在我頭上鑽孔？」

杜良走過來，親熱的搭住了我的肩：「當然不用，只需要戴上聯結的設備就行，保證不會有任何傷害，也不會有任何痛苦。」

我又提出要求：「我不想和我的複製人見面，是不是可以作特別的安排？」

杜良立刻道：「當然可以！」

這時候我故意提出一些要求來，目的是為了使杜良相信，我是真正答應了他們的要求，準備向複製人下達接受一切轉移知識的指令。

我提出的要求多，就表示我真的要那樣做。

杜良對我所有的要求，都一口答應，我也表現出適當程度的興奮，道：「能夠參與這樣偉大的工程，真是令人難忘。」

杜良很是自負：「可以說這是人類有史以來最偉大的工程了。」

在說話之中，我們離開了原來的房間，進入另外一間房間，那房間中有更多的儀器，有兩具設備，特別引人注目。

那兩具設備，無以名之，只好形容一下它們的形狀。那東西像極了放木乃伊的棺木，中間有一個人形凹槽，大小可以躺下一個人，兩具設備，相隔大約一公尺，有許多線聯結。

我可以想像這兩具設備的用途，我向它們指了一指，杜良點頭：「要請你躺進去。」

我看到那設備有蓋子，剎那之間不禁有一些猶豫，問道：「躺進去之後，要蓋上蓋子？」

杜良顯出很輕鬆的神情，道：「是啊，剛才你說不想看到你的複製人，所以你應該先躺進去。」

他在這樣說的時候，似笑非笑，很有挑戰的神情，像是在說：你衞斯理不會是沒有這個膽量吧！

我笑道：「既然答應，就要做到，躺就躺吧。」

我向那設備走去，杜良緊跟在我的身邊，我向白素望了一眼，看到她很有擔心的神情，我就給她鼓勵的眼色，告訴她我有準備，不必擔心。

其實這時候我完全不知道躺進那設備之後，會發生甚麼事情，在感覺上來說，被放入像棺材一樣的容器之中，絕對不是愉快的事情。

然而我這時候卻又非如此不可——誰叫我答應了他們的要求呢？

白素向我點了點頭，我吸了一口氣，杜良可惡地在我背上拍了一下，道：「不必吸氣——會有足夠的氧氣供應。」

我哼了一聲：「多謝照應。」

杜良立刻向我深深鞠躬，表示歉意，看來他為了要我照他的意思行事，對我非常客氣。

十、這帳怎麼算

假亮聲也表現體貼，向白素道：「等一會複製人會被帶到這裏來，衞夫人是不是要迴避？」

白素很平靜地道：「我在這裏，會妨礙事情的進行嗎？」

假亮聲道：「不會，不會，只不過剛才衞斯理說——」

白素道：「我也不會想看到自己的複製人。」

假亮聲沒有再說甚麼東西，我就跨進了那個設備之中，躺了下來，杜良道：「合上蓋子之後，你看到眼前有綠燈亮起，就可以下達指令。」

我神情很嚴肅地點了點頭，和杜良目光接觸的時候，可以感到杜良目光中的興奮，真正出自他的內心。

然後，蓋子蓋上，出乎意料之外，並不是一片黑暗，而是有非常柔和的光，我手、腳以及身體各部份都在凹槽之中，無法動彈，只覺得有東西向我頭部套來，而且收緊。

我心中苦笑，心想現在就算套向我頭部的東西是傳說中的「血滴子」，我也沒有辦法，只好聽天由命了。

在我頭部收緊的東西，在套緊了之後，我感到好像有甚麼東西在隱隱流動，那是一種前所未有的感覺，很難具體形容。

我努力保持鎮定，告訴自己，就算出了甚麼事情，白素一個人也一定可以應付。然而在這樣情形下，要保持真正的鎮定談何容易，在許多胡思亂想之中，我想起的是許多年前，記述在《頭髮》這個故事中的情形，我也有類似進入這樣容器的經歷……

大約是五分鐘到十分鐘左右，眼前突然有綠色光亮起，我立刻凝神，將指令傳送出去。

真如杜良所說，那是一秒鐘都不到的事情，綠光消失，隨即蓋子緩緩地揭開，聽到杜良還在叫：「大功告成！大功告成了！」

我第一個動作，是望向白素，只見她雖然神情鎮定，可是臉色非常蒼白，由此可知剛才那段時間，她心情的緊張程度。

我再回頭看去，看到我身邊的那容器，蓋子並沒有打開，正在自動移向牆上的一扇門，移進去之後，門就關上，所以自始至終，我沒有看到自己的複製人。

後來我問白素：「看到我的複製人了？」

白素很不經意地回答：「看到。」

我再問：「是怎麼樣的？」

白素笑了起來：「你只要照照鏡子，就知道了。」

我看出她是在掩飾，不想讓我知道當時她看到了我的複製人之後的震撼，我也沒有繼續追問。

當時杜良很有些急不及待的樣子，向假亮聲道：「請你招呼他們兩位，我這就去展開工作。」

我問了一句：「要多久才能完成？」

杜良的回答，充滿了信心，大聲道：「七十二到九十六小時——我會將成功的消息，第一時間通知兩位！」

他說着，匆匆走了出去。

在九十六小時之後，我並沒有得到杜良的任何消息，從此之後，一直到現在記述這個故事為止，還是沒有得到他的任何訊息，只知道他在我和白素離開之後，大約五天，也離開了勒曼醫院。

他在離開勒曼醫院的時候，放了一把火，將勒曼醫院撥給他的研究室全部燒燬，而且連帶燒燬了勒曼醫院一部份設備，造成很大的損失——詳細情形，我沒有深究，因為從這件事情之後，我幾乎和勒曼醫院沒有任何聯絡，我不想和他們再有甚麼聯絡了！

當時我們向假亮聲表示要回去，假亮聲很客氣地送我們離開，在和我們分手的時候，他很認真地道：「以後還有很多地方要借重兩位的能力！」

後來我們知道，他並不是說說而已，而是真的在他的計劃完成之後，確然有需要利用我們之處。而當時我們對於假亮聲的計劃，是完全不知道的。

知道假亮聲的真正計劃，是在亮聲又出現在我家之後的事情。亮聲再次出現，是在我們到家十天以後的事情。

在離開勒曼醫院之後，我立刻將我和亮聲直接以腦部溝通的方式進行溝通的經

過告訴了白素。

在回家的旅程中和回家之後，我們一直在討論，在勒曼醫院之中究竟發生了甚麼事情？亮聲為甚麼要向我發出這樣嚴重的警告？為甚麼要阻止杜良的知識轉移工程？

許多許多的問題，都無法有答案，只能夠假設亮聲在向我發出警告的時候，不能和我們見面，像是被限制了自由。他的警告之中又提到了「敗類」，可以設想在勒曼醫院發生了類似「政變」性質的事情，使得勒曼醫院和我的關係，起了變化，以致勒曼醫院要用陰謀詭計來對付我。

我們的討論並沒有任何結果，所以當十天之後，我打開門，看到亮聲的時候，簡直是急不及待將他拉進來的。

當然首先我還是必須弄清楚這個亮聲是真是假，不等我開口，他就大聲叫道：「差點沒給你嚇死我！」

就這一句話，我就知道他是真的亮聲了！

非常簡單，在勒曼醫院的時候，亮聲警告我千萬絕對不可以答應杜良的要求，

可是在杜良問我考慮的結果時，我卻在剎那之間改變了主意，一口答應，當時連白素都有嚇了一跳的感覺，亮聲當然在聽到了這個消息之後，同樣意外。

我和白素假設勒曼醫院中發生了兩派的鬥爭，亮聲處於下風，事情必然和杜良的研究工程有關，所以亮聲才要我拒絕任何要求，使杜良的研究工程不能順利進行。

至於亮聲為甚麼要反對杜良的研究工程，我和白素百思不得其解，杜良的研究堪稱偉大之極，沒有反對的道理。我曾經想到過可能是外星人不想地球人有飛快的進步，然而又否定了這個想法，因為我始終認為外星人對地球人，不會不懷好意。

當時亮聲一定以為我不聽他的警告，他的失敗無可挽回，所以「差點給我嚇死」的說法，不算誇張。

他在說了這句話之後，滿臉疑惑地望着我，我哈哈一笑：「你先說。」

亮聲顯然知道，如果他不先解開我心中的謎團，我不會讓他明白發生了甚麼事情。

所以他開口道：「我先說，事情從杜良回到勒曼醫院開始——是由你所促成

的……」

他說到這裏，白素也已出現，向亮聲打量了一會，點了點頭，承認了他真亮聲的身份，老蔡也走出來，毫不客氣盯着亮聲看，甚至於還去扭他，將亮聲嚇了一跳。然後老蔡自言自語，道：「這人真奇怪，一會兒忠、一會兒奸！」說着，他又向我點了點頭，道：「現在是忠的。」

我覺得匪夷所思，因為我從來不知道老蔡有這樣奇妙的分辨忠奸的直覺本領，這真值得好好研究——當然那不在這個故事的範圍之內，表過就算。

我聽了亮聲的話，哼了一聲：「本來這是大大的好事，不明白為甚麼你要我千萬絕對不能答應！」

亮聲冷笑：「工程順利發展，可以達到世界大同，甚至於宇宙大同的目標，對嗎？」

他的聲音中充滿了諷刺，我道：「確然可以。」

亮聲嘆了一口氣：「衞斯理，要知道口號越是好聽動人，目標越是偉大，實際上用它們來掩飾的真相，也越是醜惡！」

我和白素齊聲問：「真相是──」

亮聲又嘆了一口氣，道：「勒曼醫院歡迎外星人加入，在宇宙中頗有名聲，所以有許多外星人來到地球之後，加入了勒曼醫院……我們以為所有的外星人對地球的想法都一樣，沒有覺察到有些懷有不同的想法……」

我吃了一驚，失聲道：「有外星人想對地球不利？」

亮聲道：「在他們的理論立場來説，並不是對地球不利，可是我們卻反對──於是在對付杜良的研究工程上，就分成了兩派，起了激烈的爭辯，我所屬的一派，佔少數，所以議決照他們那一派的意見行事。」

我越聽越是心驚，問道：「那一派的意見是──」

亮聲道：「那一派的意見，是杜良提出來的，計劃相當周詳，必然是籌劃已久，他提出來，得到了很多同意，所以這筆帳，還是應該算在地球人身上。」

我聽出他竭力在開脱外星人的責任，就冷笑道：「你只要將事實真相説出來，帳算在誰的頭上，我自會決定。」

亮聲點了點頭，表示這筆「帳」如何算，他還會和我討論。

他道：「當時，杜良的第一次轉移工程還沒有失敗，同意杜良計劃者以為一定可以成功，我卻感到事情非常不對頭，一定要先聽聽你的意見，建議請你到勒曼醫院來參加爭論，可是杜良劇烈反對，說你成事不足敗事有餘，絕對不能讓你參加，我和他幾乎大打出手——」

我問：「打了沒有？」

亮聲苦笑：「我捱了兩拳、他給我踢了一腳。」

我和白素都不由自主搖頭：實在太難以想像，在勒曼醫院中的全是知識高超之極的人物，卻也不免要用拳腳來解決問題，真令人嘆息。然而也由此可知當時兩派之間的爭論是何等劇烈。

亮聲繼續道：「結果我失敗，而且和一些支持我的人被軟禁，失去了行動自由，杜良他們就照計劃進行，卻不料連衞斯理的複製人都能使他們失敗，難怪杜良聽到衞斯理的名字，就像見鬼一樣！」

我也不知道他這樣說法，對我是褒還是貶，只好苦笑。

亮聲道：「杜良也真了不起，很快就找到了失敗的原因和補救的方法——這些

你都知道的了。」

我點了點頭，亮聲哼了一聲：「他們知道我和你是朋友，就要我來說服你到勒曼醫院去，向複製人傳達指令。我告訴他們，衛斯理如果知道了真正的計劃內容，絕對不會同意。而如果要我去欺騙衛斯理，我絕對做不到，因為衛斯理是我的朋友——我還向外星人詳細解釋了『朋友』這種地球人之間的關係，結果由於我堅決的態度——」

我接了上去：「結果就出現了假亮聲！」

亮聲道：「我當時還冷笑他們，說他們騙不到衛斯理，可是他們居然成功了！」

想起當時的情形，無論如何想不到會有這種事情發生，想不受騙而不可得。

亮聲繼續：「知道衛斯理和白素到了勒曼醫院，我知道事情一定要衛斯理在完全自願的情形下進行，他們一定會編造一個非常美麗的謊言，利用衛斯理一向希望地球人能儘快擺脫落後狀態的心理，使衛斯理被他們利用，所以我努力想和他接觸，將我所能發出的能量，儘量發出，總算終於接觸到了，謝天謝地，總算終於接觸到了衛斯理……」

他說到這裏，還是有筋疲力盡的神態。我向他解釋了我們能夠接觸的原因。

亮聲點了點頭：「我想到了你，你想到了我，這就容易接觸，不錯，就是這原因。」

在我和亮聲有了接觸之後，發生的事情已經敘述過，而最關鍵性的問題是：杜良真正的計劃內容是甚麼？

亮聲吸了一口氣，道：「在勒曼醫院中，有超過七百個複製人，那些全是地球上非常重要人物的複製人——」

他才講到這裏，我和白素互望了一眼，已經隱約感到他繼續會說些甚麼了。

我們不由自主握住了手，我狠狠罵了一句：「杜良真不是東西！」

亮聲向我們道：「已經想到杜良的計劃內容了？那我說起來就容易多了。那些在勒曼醫院擁有複製人的地球人，儘管身份不同，可是統而言之可以稱他們為『強人』，而地球上自從有文明記載以來，全人類都由極少數極少數的『強人』所統治。不管地球人數目怎樣增加，這種情形不變。」

亮聲說到這裏，停了一停，才道：「兩位都應該知道我現在說的，是轉述杜良

的意見，那是他計劃的理論基礎。非常諷刺的是，我雖然劇烈反對他的計劃，可是卻無法在理論上反駁，因為我也認為他的理論並非虛擬，而是……而是頗有事實根據。這也是為甚麼大多數人贊同他計劃的原因。」

白素保持鎮定，我也差不多，不過卻不能控制的發出了一些古怪的聲音。

亮聲繼續道：「幾千年人類的歷史，可以說是一部戰爭史，戰爭是地球人苦難的最大來源，戰爭是阻礙人類進步的最大原因，戰爭是最大的破壞，而戰爭的產生原因是——」

他頓了一頓，向我望來。

我只有苦笑——因為我知道他接下來要說甚麼，也就是杜良的理論根據。

戰爭是人類苦難的根源，這是無法否認的事實。

戰爭是怎麼發生的呢？

在戰場上廝殺的雙方，本來不會無緣無故互相殘殺，他們都是被鼓動、率領、強迫來的，發動戰爭的是極少數人，而大多數人就被那極少數人所控制，成為極少數人喜歡玩戰爭遊戲的犧牲品。

那些極少數人，就是「強人」。

目前，這些「強人」在勒曼醫院都擁有複製人。

想到這裏，幾乎已經可以明白杜良計劃的內容了！

果然亮聲接下來說道：「戰爭之所以產生，就是因為有一部份『強人』有侵略、統佔的野心，企圖無限制擴展他強權所及的範圍，於是發動戰爭——這種情況下，必然有反抗、抵制的戰爭行為同時產生。另一種情形是雙方或者多方面的『強人』發生了意見或者實際利益的衝突，就毫無例外的通過戰爭來解決。」

產生戰爭的原因相當複雜，可是原則上也不外乎亮聲剛才所說。戰爭本來只是「強人」和「強人」之間的事情，可是所有戰爭，血流成河、屍橫遍野的，卻全是無辜的普通人。

亮聲繼續道：「所以杜良——」

＊　　＊　　＊

（工作到這裏，按照計劃，今天可以把這個故事記述完畢。）

（忽然接到來自太平洋彼岸的電話：「發生大事情了，快看電視！」）

（當時是美國西部時間公元二〇〇一年九月十一日六時三十五分。）

（放下工作，打開電視，當天一整天視線就無法離開電視畫面。）

（那天發生的事情，大家都已經知道。等到能夠重新開始工作，是將近一個月之後了。）

（由於那天發生的事情，必然在人類歷史上佔十分重要的地位，而且不論從哪一個角度來看，都證明歷來我在記述故事中一再反覆說明的人性，而恰好在這個故事中也有提到，所以非常值得記下這一刻。）

＊　　＊　　＊

亮聲繼續道：「所以杜良計劃是──」

他說到這裏，深深地吸了一口氣：「──通過知識轉移，向勒曼醫院的那些『強人』的複製人，輸入同樣的知識，使他們產生同樣的認知，這是計劃的第一步。第二步是將這些複製人，替代他們的原身，將原身消滅，這一步實行起來會有些困難，可是也能夠克服。」

聽亮聲說到這裏，我已經完全可以明白杜良計劃的內容了。

一時之間我不知道該如何反應才好——是應該點頭呢，還是應該搖頭？杜良對人類過去和現在不斷產生戰爭的原因分析得很正確——不論是大規模或者小規模的戰爭，都是由極少數、甚至於只是一個人所發動的。

照杜良的計算，如今地球上能夠發動戰爭的人，在勒曼醫院都有複製人，而如果能夠使這些複製人都有統一的認知，想法完全一樣，像是一個人一樣（事實上根本就是一個人），當然也就沒有了任何紛爭，不會有任何衝突。就算以後有新的「強人」產生，也可以用他的複製人來替代，使這種「意見一致、沒有紛爭」的情況長久維持下去。

從這一點看來，那確然是消滅人類戰爭行為的最徹底方法。

想到這裏，我應該點頭——因為人類行為之中，如果沒有了戰爭，那是最大的好事。

可是在我想點頭的時候，我卻大搖其頭，因為我立刻想到：向那些複製人輸入甚麼樣的知識，由甚麼人來決定呢？

照目前的情形來看，掌握知識轉移能力的，只有杜良，當然只能由他來決定。

而根據我對杜良這個人的認識，我很可以肯定，他會將他自己的認知，轉移到那些複製人的腦部去——也就是說，那些複製人都會有和杜良同樣的思想。

這才是杜良真正的目的！

而這個目的（毫無疑問可以稱之為「陰謀」），只怕連勒曼醫院都不知道！杜良以知識轉移為幌子，而實際進行的卻是由知識轉移開始，而達到思想轉移的目的。

他要將他自己的思想，轉移給那些複製人，然後用那些複製人，代替原身，如果他的計劃實現，等於是他，杜良有了七百多個化身，而這些化身，是如今人類的「領導」，也就是說，等於是他杜良一個人，從此控制了整個人類，他的思想，可以決定全人類的命運，全人類都在他一個人的思想控制之下！

發生了這樣的情形，即使杜良是人格完全沒缺點的聖人，也不能夠接受——這種情形，等於所有人都成了奴隸，不單是生活上的奴隸，而且是思想上的奴隸。

等到一切都遵照一個人的意志行事的時候，會出現好的結果的機會，肯定等於零！

當時我一面想到這些，一面提出來和亮聲討論，亮聲大表同意：「我激烈反對，就是因為這個原因。」

我和白素同聲道：「反對得好！」

我補充道：「看來勒曼醫院中贊成杜良計劃的人，對於地球人性格中的可怕部份認識並不深刻——全人類如果由一個人來主宰，真是恐怖絕倫！」

亮聲望住了我，像是想確定我這樣說是真正我心中有這樣的想法，還是言不由衷，過了一會，他嘆了一口氣：「也實在怪『知識轉移』這個項目太吸引人了，你不也終於答應了杜良的要求，向你的複製人下達指令了嗎？」

我一時之間，不知道亮聲對我的指責，究竟是甚麼意思，白素已經道：「杜良的計劃，必須從衞斯理同意向他的複製人下達指令開始，所以衞斯理同意了，就等於是同意杜良的計劃，也因此這筆帳應該算在衞斯理身上？」

我哼了一聲——亮聲如果這樣想，當真豈有此理至於極點。可是對於白素的話，亮聲竟然不置可否，來了一個默認。

我正想口出惡言，白素向我使了一個眼色，繼續道：「可是衞斯理當時並不知

道杜良計劃的真正內容啊！」

亮聲大聲道：「這才更使我失望——衞斯理至少應該想到，杜良的計劃聽起來那麼偉大，就必然會有些不可告人之處，他就不應該同意。當時知道衞斯理同意了杜良的計劃，我真是驚駭至於極點，失望至於極點！」

我冷冷地望着他，這才知道他剛才一進門就說「差點沒有給你嚇死」，是怎麼一回事。

白素向我道：「真是，你當時怎麼就完全相信了杜良，真叫人失望！」

聽得白素也指責我，亮聲更是理直氣壯，道：「是啊，而且在接到了我拼命的警告之後，還是答應了杜良的要求，真是……真是……」

真是怎樣，他沒有說下去，白素道：「真是殺不可恕！」

亮聲哼了一聲，顯然縱使不完全同意，也感到差不多應該如此。

白素笑：「不過後來杜良的計劃，好像完全沒有能夠開始，又是怎麼一回事？」

亮聲的神情非常疑惑，道：「不知道發生了甚麼事情，一開始就失敗，杜良在失敗之後，受不了指責，老羞成怒，甚至於放火燒掉了醫院給他準備的實驗室，真

是豈有此理！」

白素道：「你來，是想在我們這裏，瞭理一下杜良為甚麼會失敗的原因？」

亮聲連連點頭：「是，我們想不出為甚麼會失敗，根據和杜良合作的那些人說，計劃絕對可以成功，可是結果衞斯理複製人，卻完全拒絕接受任何知識轉移，這種情形，難怪使一心以為計劃可以實現的杜良發瘋！」

我聽到這裏，忍不住哈哈大笑。

亮聲道：「你知道計劃失敗的原因？」

我剛想說「當然知道」，白素已經搶着道：「勒曼醫院那麼多外星人都不知道，我們怎麼會知道？」

她說着，向我俏皮地眨了眨眼，我立刻會意，搖頭道：「真是，我們不知道。」

亮聲望着我們，好一會不出聲，神情非常疑惑。

看來，他是真的不知道杜良的計劃為甚麼會失敗，我很想立刻告訴他，可是白素卻阻止了我。

後來白素對我說不讓我告訴亮聲的原因，她說：「給外星人多少留一些好印

象。」

我苦笑——地球人究竟是怎麼一回事，外星人只怕再研究也不明白。

杜良的計劃為甚麼會失敗，原因再簡單不過。當時，亮聲拼命要我不能答應杜良的要求，而杜良則努力要我答應他的要求。結果我答應了杜良。

杜良要求我向複製人下達的指令是：接受轉移給你的知識。

而我對複製人下達的指令卻是：絕對千萬不要接受轉移給你的任何知識。

複製人接受了我的指令。

杜良的計劃於是根本無法開始。

就是如此簡單——這種行為，三歲的地球人就已經非常熟練了。

常有人問：衞斯理會不會是外星人？

從這件事情上，就完全可以證明，衞斯理是地球人，百分之百的地球人。

大家都是地球人。

（全文完）

偷天換日

一個垂死老婦，到底有甚麼天大的秘密，非要請衛斯理來聽不可？然而，就在他快要知道「那個秘密」的時候，突生變故……

勤＋緣出版社

行動救星

本故事是《閉關開關》之延續。作為超級降頭術教派的「長老」，為甚麼會被困在高山裏？他跟地球當年發生的大爆炸有甚麼關係？

財神寶庫

一個內藏上百億美元財富的保險箱，開啟它的密碼，隱藏在一段五十三字的隱語中。

早已看破世情的白老大，為何對破解密碼鍥而不捨？

勤十緣 勤＋緣出版社

一半一半

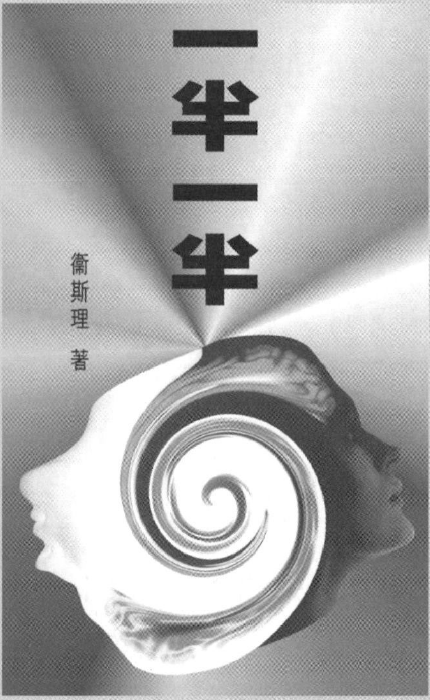

甚麼是「半地球人」？

他們是人類的朋友抑

或敵人？

為何地球存亡全繫在

一個擁有兩個腦袋的

少女身上？

勤+緣出版社

勤十緣出版社書目

衞斯理科幻系列

1 電王
2 黃金故事
3 從陰間來
4 到陰間去
5 遊戲
6 陰差陽錯
7 禍根
8 生死鎖
9 陰魂不散
10 許願
11 還陽
12 運氣
13 開心
14 將來
15 改變
16 闖禍
17 解脱
18 遺傳
19 爆炸
20 水晶宮
21 前世
22 新武器
23 病毒
24 算帳
25 原形
26 活路
27 雙程
28 洪荒
29 買命
30 賣命
31 考驗
32 傳説
33 豪情
34 真實幻境
35 成精變人
36 未來身份
37 移魂怪物
38 人面組合
39 本性難移
40 天打雷劈
41 另類複製
42 解開密碼
43 異種人生
44 偷天換日
45 閉關開關
46 行動救星
47 乾坤挪移
48 財神寶庫
49 一半一半
50 身外化身

倪匡科幻系列

1 消失女神
2 離魂奇遇
3 困獸
4 夜光
5 神話世界
6 妖偶
7 四條金龍
8 飛焰
9 魔像
10 鬼鐘
11 通神
12 蛇神
13 火鳳
14 異人
15 怪頭
16 蜂后
17 巨龍
18 解開死結
19 死結
20 遊魂
21 天敵
22 夜歸
23 神機
24 暗算

奇幻系列

△1 轉世 余過著
2 隔世冤 寬齋著
△3 殘酷蜜月 余過著
4 陰陽證 寬齋著
△5 重返前生 余過著
6 鬼惑 商魂布著
7 公主墳 史國良著
8 追魂劫 商魂布著
9 血誘 寬齋著
□10 血雨艷桃紅 張宇著
□11 十世仇 張宇著
12 老床 史國良著
13 電話追命 商魂布著
14 鬼太郎 寬齋著
15 鬼日記 余無語著
16 寡婦咒 靈子著
17 屋邨猛鬼錄 李大幫著
18 鬼拳王 余無語著
19 鬼爺爺 商魂布著
20 卜命 寬齋著
21 鬧房 史國良著
22 鬼妾 寬齋著
23 最後的化粧 高青著
24 蘭桂坊夜話 余無語著
25 屍戀 靈子著
26 腐屍還陽 寬齋著
27 不歸門 寬齋著
28 義莊夜驚情 余無語著
29 屋邨猛鬼錄(2) 李大幫著
30 新棺舊魂 寬齋著
31 勾魂女 寬齋著
32 秋墳 余無語著
33 輪迴恨 寬齋著
34 還淚井 寬齋著

*即將出版　△見余過四人夜話系列　□見張宇玄幻系列

張宇玄幻系列

余過四人夜話系列

多情系列

嚴沁浪漫系列

＊即將出版　▲見孔昭驚情小說系列

18 折翼的天使
19 愛情第二號
20 流星的眼淚在飛
21 夢裡夢外
22 獨奏心曲
23 變奏
24 笑在淚中
25 未寒時
26 眸
27 渺渺情
28 風也悄悄

寫真小說系列

1 還似無情　張寶兒著
2 嫁後　張寶兒著
3 撲蝶　張寶兒著
4 回首已三生　張寶兒著
5 塵緣　張寶兒著
6 婚姻大事　張寶兒著
7 又是曾經　張寶兒著
8 花不迷人　張寶兒著
9 晚來天欲雪　張寶兒著
10 多夢　張寶兒著

孔昭驚情小說系列

1 三生石
2 燃燒彩虹
3 月夜傳奇
4 再見茉莉
5 紫女
6 捕月

奇案系列

1 撕票　林蔭著
2 千里追兇　捍衛者著
3 城市戰爭　捍衛者著
4 重案傳真　捍衛者著

推理系列

1 重殺　施雨著
2 噬人　笹澤左保著　林敏生譯
3 丸之岬奇案　吳民民著
4 山下藏金之謎　吳民民著
5 世紀末的挽鐘　吳民民著
6 太陽帝國的八十四小時　吳民民著

實用系列

1 兩餸一湯(一)　李曾鵬展著
◇2 居室風水　芳草軒著
◎3 風水新講場　宋韶光著
4 兩餸一湯(二)　李曾鵬展著
5 家庭實用療方　李南著
6 家事錦囊　李陳雅賢著
7 職業婦女三餐樂　蔡麗容著
◎8 斗換星移說命運　戴添祥著
9 法律八寶飯　毛錫強著
◎10 猴年運程　蔡興華著
11 生意經　李寶光著
12 名廚巧手菜　陳東著
◎13 靈測玄機　阿樂著
14 兩餸一湯(三)　李曾鵬展著
15 九二年加國移民指引　霍子孟著
◎16 鐵板神數趣談　阿樂著
17 吃雞百變法　蔡麗容著
18 清潤湯水　李南著
19 實用抗癌藥膳　常敏毅著
20 法律小錦囊　毛錫強著
21 滋補粥品　戴麗嫦著
22 改變生命的密法　邱彰著
23 家事萬靈通　李陳雅賢著
24 豆腐百變法　蔡麗容著
25 保健素食精選　丁元義　王龍驤等編著
26 涼拌美食　戴麗嫦著
27 吃蛋百變法　蔡麗容著
28 親親孩子心　初子著
◎29 風水百答　宋韶光著
30 瓜類百變法　蔡麗容著
31 調味料妙用法　戴麗嫦著
◎33 教你睇風水　正翁著　余無語編訂
34 一味三食　馮金陵著
35 滋味海鮮餐　戴麗嫦著
36 淡水魚百變法　蔡麗容著
37 妙語連珠　宋韶光著
◎38 鷄年運程　蔡興華著
39 秋冬火鍋煲仔菜　馮金陵著
40 親親孩子心(二)　初子著
◎41 名人命理　盧恆立著
42 甜品百變法　蔡麗容著
43 改變婚姻的密法　邱彰著
◎44 三元九運論風水　盧恆立著
45 懷舊菜譜　馮金陵著
46 Keep Fit甜品　戴麗嫦著
◎47 命轉乾坤話風水　戴添祥著
48 新意家常菜　李曾鵬展著
49 情場眾生相　林淑霞著
◎50 四柱八字話名人　盧恆立著
51 養顏妙品　戴麗嫦著
52 自學美髮術　戚其光著
◎53 家居好風水(合訂本)　宋韶光著
◎54 術數縱橫—揭鐵板、紫微、子平等秘奧　正翁著　余無語編訂
◎55 王亭之談斗數與玄空　王亭之著
56 常見病飲茶療法　譚真著
◎57 現代建築與風水　蔣匡文著
58 名廚滋補美食　陳東著
59 新一代健康飲食　瑪麗連戴蒙著　CY譯

* 即將出版　◇ 見芳草軒系列　◎ 見術數系列

60 親親孩子心(三) 初 子著
61 法律傳訊站 毛錫強著
◎62 奇人奇事奇風水 正翁 著 余無語編訂
◎63 風水八字考奇案 盧恆立著
◎64 洩漏天機 正翁 著 余無語編訂
65 引人入性 蘭茜著
66 養生百忌 姚香雄著
67 香水蜜語——女人香 歐惠芳著

梁媽媽快樂家庭系列

1 Fit到盡
2 辣到跳
3 兒童麵點

梁荔玲健康系列

1 十足靚女人
2 內在外在一百分
3 美容院內外
4 美容師實用英語——與美容問題百解

電視日報
勤+緣出版社 聯合出版

娛樂叢書

1 Top星收入榜 宇文穎著

2 擁抱黎明 文晞著
3 真情流露 文晞著
4 冷艷的背後—鞏俐 蒲莉著
5 鐵幕誘惑郭富城 彭令德著
6 笑看星色 馮美基著

經濟日報
勤+緣出版社 聯合出版

經濟日報叢書

1 高官厚祿 陳毓祥等訪問錄
2 力爭上游 姜趙玉蓮著
3 自強不息 姜趙玉蓮著

壹出版有限公司
勤+緣出版社 聯合出版

開卷一族叢書

1 壹盤生意 壹週刊主編
2 壹笑集 壹週刊主編
3 富豪密室 壹週刊主編
4 IQ挑戰站 壹週刊主編
5 事實與偏見 黎智英著
6 壹手興家 壹週刊主編

三思傳播有限公司
勤+緣出版社 聯合出版

資本家顧問叢書

1 世界華人富豪列傳
2 Forbes華人富豪榜
3 世家大族

中信出版社
勤+緣出版社 聯合出版

中信企管系列

1 中國投資手冊 初保泰著
2 中外合營投資效益分析 蒲明書著
3 中國投資稅收顧問 馬國賢 張華國編著
5 怎樣開拓中國大陸市場 杜定平 張建平主編
6 中國對外經濟貿易實務問答 汪堯田主編
7 中外合作經營企業 初保泰 董薇園編著
8 中國股份制及證券交易實務問答 吳世亮 李書強編著
9 中外合資經營企業的驗資與審計 錢 鏘 張 克編著
10 中國企業與證券的資信評估 吳晶妹著
11 中國公司法實務問答 袁勝華 胡微波 鄭 導編著

香港管理專業協會
勤+緣出版社 聯合出版

香港管理專業協會叢書

①-④ 現代市場管理——
1 市場拓展策略
2 廣告策略
3 推銷管理策略
4 公共關係策略
5 辦公室行政策略
6 致勝投資錦囊
7 最新國內商業信札
8 保險實務基本法
9 管理心理學

＊ 即將出版

術數系列

1 風水新講場 宋韶光著
2 斗換星移說命運 戴添祥著
3 猴年運程 蔡興華著
4 靈測玄機 阿樂著
5 鐵板神數趣談 阿樂著
6 風水百答 宋韶光著
7 教你睇風水 正翁著 余無語編訂
8 雞年運程 蔡興華著
9 名人命理 盧恆立著
10 三元九運論風水 盧恆立著
11 命轉乾坤話風水 戴添祥著
12 四柱八字話名人 盧恆立著
13 家居好風水（合訂本） 宋韶光著
14 術數縱橫—揭鐵板、紫微、子平等秘奧 正翁著 余無語編訂
15 王亭之談斗數與玄空 王亭之著
16 現代建築與風水 蔣匡文著
17 奇人奇事奇風水 正翁著 余無語編訂
18 風水八字考奇案 盧恆立著
19 洩漏天機 正翁著 余無語編訂
20 風水基本法 戴添祥著
21 術數揭秘 正翁著 余無語編訂
22 十分鐘周易（一） 雷鐸著
23 術數面面觀 正翁著 余無語編訂
24 先天易 于東輝著
25 測命測字測風水 正翁著 余無語編訂
26 教你改名 正翁著 余無語編訂

芳草軒系列

1 居室風水
2 室內風水禁忌

投資企管系列

1 香港股票投資勝着 譚廣流著
■ 2 炒蚊股致勝術 思敏著 古鎮煌編
3 股票入門 鄧曾瑞紛著
• 4 中國投資手冊 初保泰著
■ 5 九十年代推銷術 燕冬著 古鎮煌編
■ 6 賺錢與花錢 古鎮煌著
■ 7 英國地產投資指南 燕冬著 古鎮煌編
8 小國投資創富 任枝明著
9 東歐投資先鋒 張志誠著
10 投資啟示錄 錢炳恩著
• 11 中外合營投資效益分析 蒲明書著
12 中國外銷樓盤大全 韋昌汶著
■ 13 外滙投資致勝術 思敏著 古鎮煌編
• 14 中國投資稅收顧問 馬國賢 張華國編著
■ 15 錢眼看世界 思敏著 古鎮煌編
16 開拓中國市場廣告促銷法 韋昌汶著
17 投資中國企業股秘笈 黃戴潔瑩著
18 開創銷售新路向 高培新著
19 私有產權的疑惑 黎偉聰著
20 中國熱門經濟開發區投資指南 商報資料組

古鎮煌系列

1 炒蚊股致勝術 思敏著 古鎮煌編
2 九十年代推銷術 燕冬著 古鎮煌編
3 賺錢與花錢 古鎮煌著
4 英國地產投資指南 燕冬著 古鎮煌編
5 外滙投資致勝術 思敏著 古鎮煌編
6 錢眼看世界 思敏著 古鎮煌編
7 上班族投資指南 古鎮煌著
8 旅行者的故事 古鎮煌著
9 生活經濟學 古鎮煌著
10 辦公室政治概論 古鎮煌著
11 經濟生活放大鏡 古鎮煌著
12 精明消費者 古鎮煌著
13 藍籌股投資致勝術 思敏著
14 期貨期權致勝之道 郭鎮楚著 古鎮煌編
15 九十年代炒股技術 古鎮煌著

名家系列

1 冬雨 王蒙著
2 男男女女 王安憶等著 張辛欣
3 小人物自述 老舍著 舒乙編
4 風過耳 劉心武著
5 冰心九旬文選 冰心著
6 表姐 王蒙著
7 藍夜叉 劉心武著

＊即將出版　■見古鎮煌系列　•見中信企管系列

8 裸雪 從維熙著
9 小胳世家 陸文夫著
10 活佛 高澍著
11 柏克萊傳真 陳若曦著
12 走出細雨濛濛 陳若曦著
13 關於女人 冰心著
14 關於男人 冰心著
15 老舍英文書信集 老舍著 舒悦譯編
16 說真話的文學 巴金等著
17 情知不是伴 蔣子龍著
18 世故人情 張愛玲等著 賈平凹
19 空巢 從維熙著
21 炮打雙燈 馮驥才著
22 殺星 劉心武著

名門望族系列

1 列根夫人與星象學 秋紅著
2 香港女富豪列傳 方曉雲著
3 富豪第二代 韋昌汶著
4 世紀婚姻和它們的結局 秋紅著
5 名人初戀故事 錢進編著 楊國慶
6 五十年代香港足球 區志賢著
7 港澳名人風采 王寅城等著

智慧系列

1 墨趣 謝宏中著
2 箴言精選（增訂版） 何文滙著
3 王子復仇記 何文滙著
4 論道德的起源 尼采著 周紅譯
5 藍田日暖 蔡炎培著
6 藝壇藝談 徐子雄著
7 軍人干政 蕭弘著

漫畫系列

1 六韜 王宣銘著
2 智囊 王宣銘著
3 三十六計 王宣銘著
4 黃石公三略 王宣銘著

散文系列

1 不甘寂寞 邵國華著
2 八方群英 岑逸飛著
3 廣告高興坊 潘啟迪著
4 過眼雲烟 林洵著
5 兩談食性 王亭之 姚香雄著
6 倪震的心 倪震著
7 你不是我最好的朋友 鄭世安 林竺霓著
8 彷彿是昨天 黃霑著
9 妙不可言 朱維德著
10 奇聞異錄 可飛著
11 兩重腳跡 王亭之著
12 二水集 梁鳳儀 舒非著 林洵
13 外交趣聞 徐行舟編著
14 芳草遍地 陳佐洱著
15 曠古的印記 彥火著
16 龍景集 黃英琦著
17 遊蹤寄語 吳康民著
18 潘虹獨語 潘虹著
19 笑看人生 馮美基著
20 龍 余心言著
21 雜絮人生 蔣麗芸著
22 鳳 余心言著

世紀末趣智系列

1 警告男男女女 周洪著
2 九七年前—大陸財路 周洪著
3 警告夫妻 周洪著
4 九七年前—大陸私情 周洪著

世界翻譯叢書

1 情牽一線 芭芭拉卡特蘭著
2 仙人掌下的戀曲 芭芭拉卡特蘭著
3 戀戀落日城 芭芭拉卡特蘭著
4 愛在浪漫之鄉 芭芭拉卡特蘭著
5 假夢真情 芭芭拉卡特蘭著

電影電視小說系列

1 昨夜長風 梁鳳儀著
2 夜半歌聲 木青著
3 我要活下去 梁鳳儀著
4 花幟 梁鳳儀著
5 97家有喜事 黃百鳴 谷德昭著
6 抱擁朝陽 梁鳳儀著
7 世紀末的童話 梁鳳儀著
8 金融大風暴 梁鳳儀著
9 我心換你心 梁鳳儀著

＊ 即將出版　○ 與百花文藝出版社聯合出版

……列

……文精選

……文精選

散文精選

*24 大男人與小女人

梁鳳儀財經小說系列

1 醉紅塵
2 九重恩怨
3 花魁劫
4 信是有緣
5 鎖清秋
6 惆悵還依舊
7 飛越滄桑
8 異邦紅葉夢
9 笑春風
△10 昨夜長風
11 誓不言悔
12 激情三百日
△13 花幟
14 強人淚
15 今晨無淚
△16 誰憐落日
△17 抱擁朝陽
18 紅塵無淚
△19 世紀末的童話
20 洒金箋
21 裸情恨
22 心濤
23 大家族
24 當時已惘然
25 殺戮情緣
26 情霸天下
27 又見深秋
28 弄雪
△29 我要活下去
30 歸航之日落紫禁城
31 歸航之西風逐晚霞
32 歸航之籬下的歲月
33 歸航之滄波萬里風
34 歸航之深情似往時
35 歸航之衝上九重天
△36 金融大風暴
*37 曇戀
*38 天債
*39 有鳳來儀
*40 大風暴
*41 還我公平
*42 灩藍天
*43 夢蝶記
*44 今夕鬥煙花
*45 好女十八嫁
*46 一代大亨
*47 焚情錄
*48 尋夢園
*49 愛你在明天
*50 無情海峽有情天
*51 千億個吻
*52 衝上雲霄
*53 峰火柔情
*54 太陽浴血記
*55 名城血淚
*56 錯愛
*57 剪夢
*58 禁止狂戀

梁鳳儀實用工具叢書

1 商場致勝法寶
2 小本經營大禁忌
3 秘書必讀
4 打工仔通勝
5 節約時間妙方
6 外快路路通
7 如何賺女人錢
8 小富由儉基本法
9 做個有魅力的女人
10 如何成為老闆的寵兒
11 一本萬利錦囊
12 曉做事不如曉做人
13 無往不利公關術
14 如何戰勝自己
15 女性如何面對壓力
16 如何善待下屬
17 行政管理藝術
18 辦公室工作指南
19 做個成功的職業女性
20 走上發達之路

梁鳳儀作品漫畫系列

1 男女有別
2 瀟灑商海行
3 人在江湖
4 奮鬥人生

* 即將出版　△ 見電影電視小說系列